集英社オレンジ文庫

廃墟の片隅で春の詩(うた)を歌え

王女の帰還

仲村つばき

廃墟の片隅で春の詩を歌え

Contents

第一章　8
第二章　50
第三章　72
第四章　149
第五章　228
燃えさかる道を歩いて　283
宝石箱の中の、失われた世界　293

ジルダ
氷のような美貌と知性を持つ、アデールの長姉。フロスバ家の庇護下で潜伏していたが、王政復古ののち新イルバス女王として即位する。
Illustration 藤ヶ咲
アデール
故イルバス国王の三女。革命で王宮を追われ、八歳の時に辺境の村リルベクの廃墟の塔に幽閉された。複雑な境遇のせいで、目立たぬよう凡庸にふるまう癖がついている。
グレン
アデールの従兄。幼い頃は乱暴で、アデールに意地悪していたが、長じてからは王家に忠実な武人となる。王政復古の立役者としてアデールと政略結婚することに。
廃墟の片隅で春の詩を歌え
Character

レナート
ミリアムの夫。
カスティア国の
大商人の子息。
ガブリエラ
フロスバ家のメイド。後
にアデール付きとなる。
流行や恋の話題が大好き。
ミリアム
奔放な性格の、アデ
ールの次姉。亡命先
で平民階級のレナー
トと秘密結婚したた
め、ジルダからは認
められていない。
アンナ
アデールが廃墟の塔
にいた頃から付き従
う忠実な侍女。
エタン
フロスバ家公爵。亡命時代の
ジルダを庇護し、アデールを廃
墟の塔から救い出すなど王家
のために暗躍するが、その言動
からは真意がうかがえない。

本書は、eコバルト文庫2019年10月刊『廃墟の片隅で春の詩を歌え　愚かなるドードー』
同2020年1月刊『廃墟の片隅で春の詩を歌え　雪降らすカナリア』
同2020年4月刊『廃墟の片隅で春の詩を歌え　女王の鳥籠』をもとに加筆修正を加え、再編集したものです。

廃墟の片隅で
春の詩を歌え
王女の帰還

第一章

その塔は、「廃墟の塔」と呼ばれていた。

一年のほとんどが冷たい雪に閉ざされるイルバスの、さらに最果ての土地にあり、凍てつく土地にぽつんと建った、灰色の塔だった。

この塔を管理するために雇われた者以外はめったによりつかず――というよりも、吹雪になればこの塔にたどりつくことすらかなわず、土地勘のある者でなければたちまち遭難してしまうためであったが――天候のひどい日には、吹雪が舞う悲鳴のような風の音と、遠くから聞こえるオオカミの遠吠えがこだまするのみであった。

イルバス最北の村、リルベク。この貧しい村は、わずかにとれる作物と、国から出る塔の管理費で生活をしていた。

朽ち果てた塔は、特別な罪人を閉じ込めるための場所として使われていたためである。

「神様、今日も私たちに命ある時間をあたえてくださり、ありがとうございました」

少女はうつむいて、いつものようにくすんだタペストリーの前でそうつぶやいた。

かさかさにかわいた金色の髪と、白い肌。整った顔立ちは瘦せこけて衰えていたが、瞳だけは新緑のような鮮やかな色をしており、彼女がまだうら若い乙女であることを証明していた。

侍女のアンナはうつろな顔をしていた。ここに来たばかりのときは泣き暮らしていたが、もうそんな元気も残されていないようだった。

「アデールさま。パンを召し上がりませんか。もう二日もなにも口にされていません」

「いいの、アンナ。きっと管理人は来ないわ。この天気では、しばらく塔へ来るのは無理よ。おまえがパンを食べなさい」

残ったパンはわずかしかない。アンナは普段からアデールに遠慮して小ぶりのパンばかり選ぶので、おなかがすいているはずだ。

薪もあとわずかだ。だが吹雪だっていつかはやむ。今晩をしのげればなんとか――。経験則的には、なんとかなるはず。

塔の中にはぼろぼろの寝具と暖炉、書き物机と椅子がひとつずつ。小さな衝立の向こうに用足しのための容器、退屈をしのげるものは、わずかな書籍と編み物だけだった。外の天気を知るには、頭上より上の窓にベッドを伝ってのぼり、鉄格子をのぞきこむほかなかった。

「おいたわしい。この国はくるっています。王女がパンもまともに口にできず、寒さに耐え忍んでいらっしゃる」

アンナは口癖(くちぐせ)のようにそう言った。アデールが八歳のときからずっとそう。十五歳になった今でも、それは呪文のように繰り返された。

「アデールさまになんの罪があるというのです。ただ王の娘だった、それだけです。ましてや一番末の姫さまで、国政にはなんのかかわりもなかった。なのに、このような罪人扱いとは——」

アデール・ベルトラム・イルバス。それが少女の名だった。彼女の両親、イルバス国王と王妃は、七年前に処刑された。民衆は彼らの死を喜び、落とした首を持って市街を練(ね)り歩き、残った肢体(したい)には、口にするのも憚(はばか)られるような、ひどい辱(はずかし)めを行ったと聞いている。

度重(たびかさ)なる戦禍(せんか)に、敗戦と増税、疫病(えきびょう)の蔓延(まんえん)。不幸の連鎖はイルバスをがんじがらめにし、ついに民衆は革命を起こした。

国民たちと最後まで争った兄王子たちも次々と断罪され、その命を散らした。存命した三人の王女たちはばらばらに散らされ、幽閉(ゆうへい)されることとなった。そのひとりが、「廃墟の姫君」のアデールである。

当時八歳だったアデールは、ただ周囲の大人たちに振り回され、わけもわからぬうちにこの塔に閉じ込められた。不幸中の幸いは、このリルベクの人間たちは革命の熱気からほど遠かったこともあり、小さな子どもには同情的であったことだ。

　実際、何もない廃墟の塔に机や本が運び込まれたのは、塔の管理人をはじめとする村人の親切心からである。アデールが大切にしている絵本は、読み書きができない彼らが、苦心して手に入れた一冊であった。

　通年雪に閉ざされるこのリルベクでは、いたずらに外へ出れば自然の脅威にさらされる。アデールはどんなに生活に不自由しても、脱出しようとは考えなかった。凍死の事故は、吹雪になれているはずの村人たちでも頻繁に起こったからだ。まさに氷の監獄であった。

「私たちは、もう過去の人間なのです。多くをのぞんではばちがあたります」

　かつて、アデールの両親や兄弟たちが揃い、平和に暮らしていた時代。それは「ベルトラム朝」と呼ばれ、歴史の一部となった。

　今は革命家サリム・バルドーが指導者となり、新しいイルバスを作っている。それがどんなものなのかは、廃墟の塔にいては知るよしもないが。

「上の姫さまたちはとっくに国外へお逃げなさった。アデールさまだけこんな仕打ち、我慢なりません。吹雪になれば食べ物すら届けられないなんて」

「村人たちは日頃から薪や食べ物を分けてくださっているのだから、感謝しなくてはいけないわ」

「アデールさま！　あなたはもっと多くを望める立場だったのですよ。悔しくはないのですか」

悔しい――そうかもしれない。けれど本当に悔しかったであろう人たちは、もうこの世にはいないのだ。

アデールが母からおくられた遺言はこうだった。

「アデール。お前は本当はかしこい子です。人の心をいとも簡単につかんでみせる。けれどそのかしこさは、いずれ災いをもたらします。あなたが思うがままにふるまえば、周囲の人間がみな不幸になる。末っ子に能力があるというのは、けして喜ばしいことではありません。すべてのことは兄と姉に譲り、どんなときも口をつぐんで、じっと耐えていなさい。そうすればお母さまは、命を散らすそのときまで、きっとあなたを可愛がってあげられる。私が天国にいっても、大人しくて可愛らしいアデールのままでいてちょうだいね」

両親が殺されれば、次の標的は子どもたちだった。しかし年端もゆかぬ子どもを殺すのは、あまりにもむごたらしい。革命家たちのなかでも意見が割れた。

結果的に、新しい国家に害がないだろうと判断された王女たちだけは死をまぬがれ、幽閉されることになった。

それでも、アデールの立場は非常に危うかった。

サリム・バルドーが指を一本動かせば、アデールの首はいとも簡単に飛ぶ。

母の遺言どおり、アデールは己を殺した。感情をむき出しにしないようにつとめ、常に人形のようにふるまった。結果的に、それは彼女を生きながらえさせた。

だがいくら感情を殺しても、心の奥底ではいつも怒りと悲しみが煮えたぎっていた。二番目の兄が殺されるまでは。

次々と届く訃報に、少女の心は次第に、かたく閉ざされてゆく。努力などしなくとも、人形のように表情が動かなくなった。最後の兄が殺されたとき、もうアデールの瞳から一滴の涙もこぼれることはなかった。

十に満たない少女の心は、塔とともに凍てついた。

そうしてこの廃墟の塔で過ごすうちに、変化のない毎日が拷問のように少女を苦しめた。出口のない閉塞感が、もう長いこと、アデールを包み込んでいる。

年に一度王都からやってくる、新しい指導者の使いの者はアデールのことをこう称する。愚鈍の姫君、廃墟にふさわしい姫君だと。

王女らしい教育を受けることもかなわず、話し相手と言えばアンナと塔の管理人や月に二度やってくる村の神父だけ。寒さと飢えに震え、痩せ細ったアデールを、王都からの監視者たちは鼻で笑った。

「お父さまもお母さまも、お兄さまたちももういらっしゃらない。お姉さまたちもイルバスを出ました。愛している人たちはいないのに、この命がまだあることが無意味だわ。でもお父さまの遺言で、私は自ら命を絶ってはいけないと言われている……」

「そのようなおそろしいこと」

口にするのもおぞましい、とアンナは言った。

お前はベルトラムの子だ。天命に従って生きなさい。天命は自ら判断するものではない。すべては神のご意志と捉え、生き延びなさい。

（そう、天命に身を任せればいい。希望があるとは思わずに、目の前のことだけを淡々と考える……）

イルバスのどこかでは、今日も誰かが苦しんでいる。命ある誰かのために、心をこめて祈る――。それが蔑まれる王族として生まれた、せめてもの責任だった。

アデールは、廃墟の塔で修道女のように暮らした。実際は、国内のどんなに貧しい教会の修道女でも、アデールよりひどい暮らしはしていなかったが。

アデールは、懸命に両親の言いつけを守り、希望はないとわかっていながら、あらゆる可能性を少しずつあきらめながら、目の前のことにただ取り組んでいた。

家族を愛していたがゆえに。

小さな少女がこの精神の均衡を保っていられたことに、侍女のアンナは感心していた。

「悔しいし、ひもじいし、おそろしい。そんな気持ちはとうに過ぎました。今はただ食べ物をくださる村人たちに感謝し、神に祈りを捧げ、慎ましく生きます。なにが起こってもすべては天命です。私からは、なにも望んだりはしません」

アンナはうつむき、くちびるをかんだ。運のない女性であった。まだ姉王女の侍女であったなら、国外へ逃げおおせることができたのに。

なんとかアンナだけでも塔の外へ連れて行ってくれないかと、村人に頼もうとしたこともあったが、アンナ自身が固辞したのである。彼女は王女のアデールよりも、王族の誇りを大事にし、王族のためになることに生きがいを見いだしていた。

早く吹雪がやめばいい。きっとパンがやってくる。神父さまも来てくださるかもしれない。

その後は？　その次は？　ここは廃墟だ、きっとなにもない。

アデールは目を閉じた。

こうしてここで静かに死を待つことを、父は望んでいたのだろうか。

＊

陽が高くのぼると、雪をかきわける音が聞こえてきた。管理人である。

ほどなくして塔のらせん階段をのぼってきた管理人は、食べ物の入った袋を床に置いた。

熊の毛皮に身を包んだ、体中粉雪まみれの大男だった。壁にたてかけたスコップはひしやげかけている。彼の姿を見れば、外がすごい有様なのが見ずともわかる。

「ありがとう、ジャコ」

ジャコは気まずそうにほほえんだ。それからいいわけがましく口を開いた。

「ここまでの道が凍結していて、なかなか来られませんでした、道が悪くて橇も使えないし……」

「いいのよ、ありがとう。飢え死にしなくてすんだわ」

ジャコは気の優しい男だった。図体が大きく、雪をかぶって歩く姿は本物の雪男のように見えた。年寄りの多い村人たちの中で、薪を担いで廃墟の塔まで歩いて来られる体力を持つ、数少ない若者のひとりだ。この管理人は歴代の中で一番、アデールに親切であった。

アデールがほほえみかけると、ジャコはほんの少し耳を赤く染めて、ぼそぼそと口ごもった。

「また天気が悪くなるかもしれない。そう頻繁に来られないので、中をよく確認してください」

袋を指さして彼がそう言うときは、決まって「手紙」が入っている。ジャコが食べ物に混じってひそかに手紙を届けてくれるようになったのは、一番上の姉・ジルダが隣国に亡命しほどなくしてのことだった。

「ありがとう、中は大丈夫よ。保管庫に入れておくわ」

それは、大切に隠しておきますという意味だった。ジャコは満足そうにうなずくと、暖炉に新しい薪を入れてくれた。

「……結婚することにしたんです」

と、ジャコは言った。

廃墟の塔にはめずらしい明るい話題であった。

リルベクは過疎地で、若者が結婚することはめったにない。この土地に嫁ぎたいと思う女がほとんどいないらしい。飢饉でぐっと人口が減ってからは、葬式は多くとも結婚式を挙げることはまずなかった。

「おめでとう。お祝いはなにもあげられないのが残念だけれど、ここから祈りを捧げるわ。式はいつなの？」

「来月の、雪が溶けたころです。結婚したら村を出て、王都へ出稼ぎに行きます。管理人の仕事は親族の者に引き継ぐことに」

アデールは顔つきを引き締めた。

新しい家族を養うのは、リルベクにいては難しいのだろう。

ジャコはアデールに同情的な村人のひとりだった。まめに塔に来てくれるし、本来ならば、彼を通しての手紙のやりとりなど許されないことだ。これまでと同じというわけにはいかなくなる。

だが引き留めることはできない。これも天命だ。

「そう……。今まで本当にありがとう。あなたの親切は生涯忘れません」

「アデール王女、最後の機会です。よくよくお考えになってください」

そう言い残すと、彼はポケットからハンカチにくるまれた焼き菓子を取り出して、アンナに握らせた。

彼が塔を出ていくと、アデールは袋の中から封筒をとりだした。

最愛の妹　アデールへ

イルバスに残った我が妹のアデール。幼い頃から寒さには強いお前だけれど、今年の冷え込みは例年よりも厳しいと聞いています。体は大丈夫でしょうか。

お前を廃墟から救い出す手立てが整いました。

望むなら、雪解けの日の朝、迎えをよこします。

詳細は迎えの者が話します。お前はただ塔を出て、馬にしがみつき、目をつむっているだけでいい。

イルバスを取り戻す気があるのなら、管理人を通して返事をください。

ジルダ

それは用心深く書かれており、暖炉であぶりだすとじわじわと文字が浮かんできた。今までの手紙とはわけが違う。アデールは保管庫の蓋(ふた)の裏に手紙を隠しておくことはせず、そのまま暖炉に放り込んで焼いてしまった。

これは天命か、それとも否(いな)か。

（私がいなくなれば、管理人の責任になってしまう……）

ジャコは姉のもくろみに手を貸してくれる気だ。だがそれは危険な賭(か)けを意味していた。王女が逃げれば彼も彼の親族もただではすまない。彼の妻になる女性や、その家族も。土地は取り上げられ、蓄(たくわ)えがあればそれも取り上げられる。最悪の場合、責任は命をもって――ということもある。

アデールは姉の言葉を反芻(はんすう)していた。

イルバスを取り戻す気があるのなら――。イルバスは、取り戻せるのだろうか？　私たちの手で。

それにはどれだけの血が必要となるのだろう。ベルトラム朝は国民に愛想をつかされた。取り戻すことは、国民のためになるのだろうか。

（生きるようにと、お父さまは言った……）

きっと、これがジルダなりの「生き方」なのだ。

家族が命を散らしたことは、今でも少女の心を凍り付かせたまま、溶けることはなかった。姉はこの寒さと戦う気なのだ。でも、アデールにはその気力すら残ってはいなかった。

これは生きるための良策になるのか、それとも愚策なのか。

ぱちぱちと、薪が爆ぜる。炎がくすぶる、命の音がする。

「アデールさま、どうなさるおつもりなのですか」

アンナがはらはらとたずねた。

「……できないわ。村人が犠牲になる」

「でも、せっかくジルダさまが……」

「成功するとは限らない。ハンカチを貸して」

アデールは窓の鉄格子にそれを結びつけた。固結びなら約束は結ばれた証、ひらひらと舞わせれば断りのサインだった。ジャコは長い間塔にとどまることを禁じられており、意志の疎通はこうしたサインでとることもままあった。

村人たちも全員が全員、アデールの味方というわけではない。それに、王都からの監視役が村人のふりをしてまぎれこんでいるかもしれない。

これでいい、とアデールは自分に言い聞かせた。本当ならば自由になりたい。ここにとどまったからといって、命の保証がされているわけではない。

新しいイルバスの指導者が彼女を排除しようとすれば、それは簡単にできることなのだ。けれど周囲の人間が死ぬのはもうたくさんである。

アデールは八歳のころから、あまりにも多くの死を見てきた。見届けられなかった死もあった。アデールを助けようとしたことで、ジャコだけでなくジルダにも被害が及ぶかもしれない。

（ただ、ジルダお姉さまが私のことを忘れないでいてくれた。それだけでもうれしい出来事だった）

アデールはタペストリーの前で深く祈りを捧げた。

＊

雪が溶けた。

春と呼ぶにはあまりにもささやかすぎる細い太陽の光が窓からさしこみ、アデールはアンナとふたりで、ジャコの門出を思った。

あれ以来、姉ジルダからの手紙はなかった。意気地（いくじ）のない妹だと思われているかもしれない。

「神父様がお見えです」

アンナが扉を開けると、カソックの青年が立っていた。

見覚えのない神父だったが、すぐに合点がいった。

「ああ……今日は結婚式ですものね。代わりの方ですか？」

いつもここへやってくる神父はだいぶ年をとっていて、ジャコが橇で送り迎えしていた。彼が村で式を挙げているので、見習いが代理でやってきたのかもしれない。

「アデール王女」

低く、つややかな声で神父は言った。

「お迎えに上がりました」

それがなんのことなのか、聞かずともわかった。ジャコはサインを見間違えたのだろうか。

「断ったはずです」

「女の死体があります」

「私にすりかわれと？」

「それ以外にどう使い道がある？」

男は挑戦的だった。もはや神父ではないことがはっきりとわかったので、アデールは名乗るように命じた。

「エタン・フロスバです。ジルダ王女の命でこの場に参りました」

　エタンはうやうやしく礼をした。ふわふわとした栗色の髪の、柔和な印象の男だった。瞳の色はアデールと同じ緑だったが、アデールが新緑の色なら、エタンは苔のようなまだらな濃い緑だった。彼は油断ならない笑みを浮かべていた。

　アデールはか細い声をふりしぼった。

「管理人の一族に迷惑がかかります」

「承知の上で協力すると言っています。私を送り込むためにあの管理人は目くらましで、好いてもいない女と結婚することに」

　廃墟の塔につながる村へ行くためには、通行手形が必要となる。結婚式があれば教会からの応援人員が特別に出入りできる手形が発行されるため、神父に扮したエタンはどさくさに紛れて入ってきたようだ。

　ということは、アデールの意志とは関係なく、ジャコはとっくに覚悟をかためていたことになる。

「なぜ彼らにそこまでする必要が」

　ことが露見すれば村にいられなくなる。凍てついた土地でもわずかな食べ物が手に入るから、罪人を見張る役目で金銭がもらえるから、村人たちはよそへうつらないのだ。よその土地も自分たちが食べることで手一杯で、移住を歓迎する余裕などない。

村での生活を手放すことは、命を天秤にかけるということなのだ。

「新しい政府も、存外出来が悪かったからですよ。あなたはずっとこの廃墟の塔にいるからわからないでしょうが、村人の生活は以前よりも圧迫されています。今や少しずつ、王政復古の声があがりつつある」

「なにを今更。アデールさまがどれだけ苦しんだことか」

アンナは声を荒らげた。

エタンは無視して続けた。

「彼らが命がけで私をここへ招き入れたのです。あなたが応えなくてどうする」

「ですが、ここから逃げたら彼らがひどい目に……」

アデールは決断しかねていた。このエタン、どこまで信用できるのか。

エタンは懐から銀時計を取り出した。それには見覚えがあった。亡くなる前に、母が大切にしていた鎖付きの時計であった。サファイアの宝石がちりばめられた、つるりと美しい蓋つきの時計。

（あの時計……きっとジルダお姉さまのもとに渡ったのだ）

彼がジルダの使いの者であることは間違いはないだろう。

エタンは時計を顔の近くでゆらゆらと揺らした。

「じわじわ死ぬか、変革に賭けるかの違いだ。彼らは賭けに出た。あなたは王女だ。常にみなを代表とする駒となり動く。どんな道筋をたどっても、国の意志と無関係ではいられない」

開け放たれた扉から、冷たい風が吹き込んだ。

選択のときが迫っていた。だがこれは、アデールの選択ではない。アデールの運命に賭けた者たちの選択であり、アデールは王族の血を吊り糸がわりに、ただ踊らされるだけの人形だった。

「あなたも、変革に賭けた者のひとりですか？」

エタンは薄く笑った。

「僕は適切な位置から盤上をながめたい。それだけです」

銀時計の蓋があく。時計の針が、ひとつ進んだ。

＊

馬に振り落とされぬよう、アデールは必死にしがみついていた。

長いローブで細い体をかくし、金色の髪は目立たぬよう小さくまとめて、帽子の中に押し込んでいた。

筋書きはこうである。心労がたたり、アデールは塔の中で死んだ。王都の役人が到着するまでに、腐敗が激しく顔はろくに原形をとどめていられなかった。

淡々と葬儀をあげ、リルベクの共同墓地に放り込まれ、アデールは十五年の短い生涯を閉じる。

王位継承権からほど遠い、幼い第三王女が死んだところで、指導者サリムや彼を支持する革命派たちは意にも介さないだろうということだった。なにせ彼らの脅威であった王子たちは全員、今はイルバスの土の下だ。

その後お役御免になったアンナは、ひっそりと外へ出て、アデールたちと合流できる時を待つ。

手綱を握るエタンは、道の向こうをじっと見つめていた。アデールにとっては予期せぬ二人旅となったが、今意識を向けるべきは、とにかく吐かないようにすることだけだった。塔で過ごすうちに気力体力共に限界まで衰えていた体に、この仕打ちはあまりにも酷すぎた。胃にろくにものが入ってなくても、人は吐けるものなのである。戻したら戻したで体力を消耗し、せっかく塔の外に出たというのに、彼女はますます弱っていった。

「もうすぐ休憩できます」

速度をおさえ、エタンがそう言うと、アデールはようやく顔を上げることができた。太陽の光に目をすがめ、かさかさに乾いたくちびるを動かした。

「ここはどのあたり?」

「廃墟の塔から南下したゴアルという土地です。もう少し飛ばせば小さな町があります。宿屋の主人に話はつけてあります」

と、いうことは今夜は宿で宿泊なのか。アデールはほっとした。この調子だと、眠ることもできずに馬にしがみついていなければならないのかと思った。

「馬を休ませなくてはいけませんので」

あくまでお前のためではない、と言いたげな一言である。

本来ならもっと早くこの地点に到着していなくてはならないのだが、アデールが馬酔いを起こしたがために、たびたび川縁で休憩をとるはめになってしまったのだ。

「聞いてもいい？」

「なんでしょう」

「あなたは、お姉さまの命で私を迎えに来たのよね」

「そう申し上げたはずですが」

「ベルトラムの一族が政権を執ることを望んでいるから？」

「私の一族が伯爵家で王政派だからです。あなたは小さかったのでご存じないと思いますが、よく王宮にも出入りしていました」

塔の中でも、アデールに対し、村人たちはさまざまな反応をしめした。

やっかいものであるはずのアデールにもベルトラムの姫さまだからと親切にしてくれる

者、そっけない態度をとるが最低限、こちらを窺うようなそぶりを見せる者。

エタンのように、いかにも面倒ごとを押しつけられた、といった様子を隠そうともしない者はめずらしかった。しかも自分で廃墟の塔までやってきておいて。

「家長の意志だから、仕方なく私を迎えに?」

「もしそうなら、このような大役はとっとと他の者に任せます」

エタンは干したレモンを取り出すと、アデールの口にぞんざいに突っ込んだ。さわやかな酸味が広がって、ずっと気持ちが悪かった口内がいくぶんかすっきりとした。

「これからさらに南下し、海を渡りキルジアへ参ります。そこまで逃げれば、新政府も追っては来られないでしょう。キルジアには新しいベルトラム朝を作るべく、我々一族が居城を構えています」

「新しいベルトラム朝……」

「ジルダ王女はさまざまな国を転々とされ、キルジアへ渡ってから、こつこつと準備をされていたのです。あなたを取り戻し、イルバスの王宮へ凱旋するために」

ジルダは転んでもただでは起きない女だ。今の政府が瓦解寸前になるまで、ずっと機を窺っていたのだ。

「ミリアムお姉さまは? そちらにいらっしゃるの?」

アデールに姉はふたりいる。第一王女のジルダ、第二王女のミリアム。ジルダはあらゆるつてをたどってアデールの近況を確認してきたが、ミリアムにも同じようにしているのだろうか。彼女がどうしているかはわからず、ジルダの手紙にも彼女のことは書いていなかった。亡命したと聞いているが、どこへ行ったかもわからない。

「ミリアム王女はいらっしゃいません。詳しいことはジルダ王女から直接聞いてください」

もう黙れと言わんばかりに、また干しレモンの切れ端を口に突っ込まれた。

「キルジアは、イルバスとは違い暖かいですよ。レモンもたくさんとれます」

「……私の身代わりになった死体は、どこから調達したの？　私と同じ金髪だったけれど」

「よく嚙んで。あまり面倒なことをたずねないでください」

自分を助けるために誰かを犠牲にしたのだろうか。小さな胸がきりりと痛む。

ほどなくして、ゴアルの町並みが見えてきた。灰色の屋根がひっそりと寄せ集まったさみしい土地で、その町に馬をつなげる宿屋は一軒しかなかった。小屋につなげると、馬は安心したようにぶるると鳴いた。

身ひとつで飛び出してきたアデールに手荷物はなかった。宿屋へ入ると、彼女は古びたベッドに腰をかけ、しばし呆けていた。廃墟の塔を出てきたのだという実感が、落ち着けるところへやってきて、はじめてじわじわと湧きあがってきた。

暖炉にまだ火を入れていないから寒いはずなのに、興奮のためか足や手の指先までかっかと熱くなっていた。

とんでもないことをしてしまったのだ、とこぶしをにぎりしめる。もし自分が死んだという嘘が、ばれてしまったとしたら……。ジャコもアンナも命はない。

(でも、もうここまで来てしまった。後にはひけない。少なくともこの計画のために、女性がひとり亡くなっている)

アデールは手作りの粗末なロザリオを取り出し、すがるようににぎりしめた。

せめて、彼女が安らかに神の御許に旅立つことができますように。

――エタンが、殺したのだろうか。

涼しい顔をして、遺体を抱えてきたけれど。

エタン・フロスバ。王宮に出入りしていた青年貴族。軍人でもないのに、人を殺すことにひるみもしなかったのだろうか。

でも……あまりにも死が身近だったアデールのように、ベルトラム派だったエタンも、そういったおそろしいことからは無縁でいられなかったのかもしれない。

エタンは淡々と言った。

「食事を運んできます」

「あなたも同じ部屋に泊まるの？」

ベッドはふたつある。彼はうなずいた。

「万が一気がつかれて、追われていたらまずいでしょう。ドアの近くで眠ります」

「でも……」

エタンは上着を脱いで、ぞんざいに椅子の背にかけている。

柔和な印象の彼も、思いのほか肩ががっしりとしていて、男らしい体つきだった。

王宮を追われたとはいえ、アデールとて、王女である。男女が同じ部屋に泊まる、ということに抵抗があった。

「子どもに興味はありません」

ため息をつくと、エタンはすぱっと言い切る。

「食事をもらってきます」

「はい……」

なんだかこの人、すごくやりづらい。怖いし。

でも役立たずのアデールを連れて、命がけでここまで来てくれたことは確かだ。

エタンが出ていってしまうと、アデールは汚れたドレスを脱いで、用意された寝間着に着替えた。布はくたびれていたが、きちんと洗ってあった。

エタンが持ってきた夕食は、腸詰めやベーコンなどの肉類ときゅうりの塩漬けが入ったスープ、タマネギが練り込まれたパンだった。

「このようなものしか用意できなくてすみません。なにぶんこの町も豊かではないようで。肉の切れ端が出るだけ上々です」

「温かい食事なんて、久しぶり。暖炉でパンを焼いてもたちまち冷め切ってしまうから」

アデールは瞳をかがやかせ、スープをすすった。弱っていた胃に肉類はきつかったが、それでも熱いスープはうれしかった。塩分がじわじわと体にきいてくる。

「食欲はあるようでよかった」

エタンはブランデーを口にした。

「夜明け前に発ちます。港に商業船が停泊しているはずです。私たちは行商人に扮して乗り込みます」

「わかりました」

アデールにできることはなにひとつなさそうだった。ただ足を引っ張らないようにするだけだ。

「少しでも睡眠をとっておいてください。おそらく次は、船酔いが待っています」

エタンはさっさと食事をすませると、手早く身支度を済ませて横になった。

夜のお祈りをする前に、彼が容赦なくろうそくの明かりを吹き消してしまったので、アデールはもぞもぞとベッドにもぐりこみ、首から提げたロザリオをにぎりしめた。

毛布は塔のものよりあたたかくて、そのぬくみをたしかめるようにアデールは足をすりあわせた。

エタンの寝息は聞こえてこない。横になっても眠らないのだろう。自分を無事にキルジアへ送り届けるまでは。

アデールは静寂に耳を澄ませていたが、旅の疲れから、やがて気絶するかのように眠ってしまった。

＊

エタンの予告通り、ふたりは夜明け前に宿を出た。アデールはカンテラを持つ役割を得た。なにかしたいと申し出たとき、エタンはろこつにいやな顔をしてから、カンテラを指さしたのだった。

エタンは薄汚れたシャツのうえから白茶けたローブをかけており、見た目だけでも流しの商人らしくしていた。もとは貴族の青年なので商人に見えるかは微妙なところだったが、少なくともカソックよりは目立つことはないだろう。

空がしらみはじめ、カンテラが必要なくなるころ、潮の匂いがふわりと風にのってきた。

エタンは注意深くアデールを馬からおろし、銀貨をいくつか取り出して、船の持ち主である男に交渉をしはじめた。小麦を仕入れるため、キルジアへ渡りたいと言うと、男は銀貨をためつすがめつしていた。

「その娘も一緒かい」

「商品だ。キルジアで売って、新しい馬を買う」

アデールはぎょっとした。「そりゃあいい。イルバスの女は色白だから高く売れる」と、乗船許可が出た。

「本当に売ったりしません。ああでも言わないと、あなたに手をつけられてしまうかもしれないので。ここらの船ではただの女より商品の方が厳重に守られるのです」

しばらくしてから耳打ちされたが、内容がよりおそろしかったので、アデールはくちびるをかみしめていた。肩をすくめて、エタンはまた干しレモンを口におしこんでくる。これさえ与えていればアデールの機嫌がとれると思い込んでいるようだった。

アデールは甲板に出て、イルバスの陸を見つめていた。自分がこの国を離れるのは生まれて初めてのことだった。

波音が、送別のファンファーレである。

(さようなら、イルバス)

姉たちは、どのような気持ちでこの土地を離れたのだろうか。

船が少しずつ動き始め、イルバスが遠ざかってゆく。ずず、と船体が動くと、白波がしぶきをあげる。

——生きなくてはならない。

ひっそりと、息をひそめて。

長らく冬を耐えてきた。刺すような冷たい風がアデールを追い立てた。

「いつ吐くんですか」

「え？」

「甲板にいらっしゃるから、吐きにきたのかと」

アデールはむっとした。

「失礼ですね。吐いてばかりだと思わないでください」

「初日は吐いてばかりでしたが？」

アデールは会話するのをやめた。くだらないいさかいをしている間に、イルバスはどんどん遠くなっていくではないか。

「そんなに必死に目に焼き付けなくとも、きっとまたこの国に帰ってこられますよ」

エタンは干しレモンをかじっていた。彼はアデールをからかいに来たのではなく、彼女が気分を悪くしているだろうと、またレモンを口に押し込みにきたのだった。

「本当に、帰ってこられると思う？」

「帰りたいですか？」

「……わからない」

本当に、こうしたほうがよかったのだろうか。両親の遺志にそむく行いなのではないか。親切にしてくれた人が元気に暮らしてくれるのなら、自分はどこにいたってかまわない。

ただ、国を離れることに一抹の不安をおぼえていることは確かである。

「この国が今後どうなってゆくのか……私にはわからない。ただ……誰も殺し合ったり、苦しんだり、しないでほしいだけなの」

「お優しいですね」

ばかにしたような物言いだった。

「なにかおかしい？」

「いや、教科書通りの回答で。お姉さまとはえらい違いだ」

「それは……ジルダお姉さまは、昔から優秀な王女でいらしたもの」

ジルダはまだ十歳になったばかりのときから社交界デビューして、すっかり大人の仲間入りをしていた。

利発な女の子で、将来有望だと褒めそやされていた。ミリアムも天真爛漫で明るい性格で、よく大人たちから可愛がられていた。

一方で、アデールは好奇心旺盛で落ち着きのない子どもだった。華やかな母や姉王女たちの影にかくれ、肖像画を描くときなどは、そわそわと動き回り、よく叱られていた。

よく父王や兄王子にまとわりついては、あらゆることに興味をしめした。大人たちのむずかしい話に背伸びして参加しようとすると、彼らはなんでもわかりやすく伝えてくれる。

そんな心遣いがうれしくて。

厳しい顔つきの宰相ですら、アデールの行動に困ったように笑うのだった。

だが、まだ小さいから大目にみてもらってはいたものの、そのうちどこかの家に降嫁が決まっている王女としては、落ち着きがないのは良く思われない。

そんなアデールに、二番目の姉ミリアムはあきれたように言った。

「アデール。あなたは女の子なんだから、お父さまやお兄さまのすることに興味をしめしちゃだめよ。ジルダお姉さまみたいに様になるならいいけど、あなたはそうじゃないでしょ。黙ってにこにこしてなさいよ。あなたにできることといったら、そのくらいなんだから」

どうも、アデールの行動に姉たちや母はひやひやとするらしく、たびたび将来が心配だ、淑女らしくするように、などと注意を受けていた。

なにかに興味を持つたびにそんな反応をされるものだから、アデールは次第に消極的になってゆく。

姉に比べて自分のできが悪いことは今でもかなり気にしている。

なのでせめて、周囲を不快にさせないように、相手の心を波立たせないように、注意深く発言するようになった。

エタンは目を細めた。

「姉君より小さいときからあのような場所で暮らしていれば、仕方がないことなのでしょう」

「私の考えは、間違っているの？　平和な世を望んでいるだけ」

「いいえ。間違ってなどいません。『イルバスがどうなるかわからないけれど、誰も殺し合わないでほしい』。あなたは無関心な平和主義者です。けれど追放された第三王女として、慎ましく目立たず生きながらえることを目的とするなら、これ以上の考えはありません。あなたの役目は生きて、ベルトラム王家の血をつなぐことです。下手にしゃしゃり出たり、知恵を働かせる必要はない。『考える』のは次世代の役目。その調子でお続けなさい」

　エタンは、人を食ったような笑みを浮かべている。

　そう、アデールは空っぽだった。すべてを奪われ、廃墟の塔に閉じ込められ、すがれるものは祈りだけだった。祈りに必要なのは手を組むことだけ、それ以上の行動は伴わない。それが自分にできるすべてのことであり、それ以上なにかをしようとすれば、容赦なく死が待っていた。

　――エタンの言うとおりかもしれない。私はお父さまとお母さまの言いつけだけを守り、他に気を配れる余裕なんてなかったのだから。

　ジルダなら、違ったのだろうか。ミリアムなら。

　力強い翼をもって外へ飛び出していった、ふたりの王女なら。

「私……」

アデールは口を開きかけたが、エタンは目を細めて、干しレモンの入った革袋を投げてよこした。

自分の口は自分でふさいでおけ、ということらしかった。

*

「着きましたよ」

エタンに肩をたたかれ、アデールは顔を上げた。荷と荷のすきまに体をすっぽりと入れ込んで、座り込んだままうとうとしていた。

立ち上がると足の裏に強烈なしびれが走り、小さくうめく。エタンはあきれたような顔をして、アデールが壁につかまり立つ様子をながめていた。けして手は貸してくれなかった。

ゆっくりと桟橋（さんばし）を渡るうちに、アデールの顔はみるみる生気に満ちていった。

（ここは、まるで別世界だ）

キルジアの港は、太陽のまぶしい光に照らされていた。

暗く灰色の冬に包まれたイルバスとは違う。

首筋を通り抜ける風も、柔らかく包み込む空気も。生温かいミルクの中を泳いでいるかのような、不思議な心地だった。

「暖かい」

「イルバス人からすればそうでしょう。キルジアではこれでも冷え込んでいる方です。だが薄着でも凍傷になることはない」

「お姉さまにはもうすぐ会えるの」

「馬を一日走らせます。でも急ぐ必要はない。ここまで来れば、ひとまずは安心です」

アデールはほっと胸をなでおろした。

「おなかはすいていませんか？　服を買いましょうか？」

「おなかはすいているけれど、服はいいわ。まだ着られるもの」

「食べ物を我慢してでも、着飾るべきですよ。あなたはこれから大切なお役目があるのですから」

「役目……？」

「なんの目的もなしに、ただ妹だからというだけで、ジルダ王女が危険を冒してまであなたを呼び寄せるはずがないでしょう」

エタンは漁師たちがたむろする酒場へ出向くと、焼いた海老(えび)を挟んだパンと、林檎酒(りんごしゅ)を買ってアデールに手渡した。

林檎酒は甘く、喉にながしこむとかっと熱くなった。海老は売り物にならない小ぶりのものを焼いているようだったが、それでもぷりぷりとしていて、十分おいしかった。柔らかいパンに塩気がしみこんで、ひとくち噛むとじゅっと旨味が広がった。

「本当にレモンがある」

市場ではイルバスで見たことのないような果物がたくさん並んでおり、レモンもそのひとつだった。

エタンは蜂蜜とレモンの皮を混ぜ込んだ焼き菓子を買い、アデールの外套のポケットにぞんざいに入れた。好きなときに食べていいらしい。

馬に乗り、港町を離れのどかな風景をながめながら進んだ。

エタンの言ったとおり、急ぐ必要のない旅らしく、彼はキルジアのさまざまな風俗や生活習慣についてかいつまんで教えてくれた。

イルバスではとれないような作物が豊富にとれるため、平民は農業を基盤として生活していること、都市部では学校や病院などの施設が多く建つが、農村部ではまだまだ手が行き届いておらず、民は親から教わった農耕技術だけを頼りに生きていること。ほとんどの民はキルジア語を話すが、地続きになっているクエランの言葉や、山を越えると古キルジア語と呼ばれる言語をあやつる者たちもいるという。山賊も多いので、山道を通る際は注意が必要なのだとも言われた。

「アデール王女。外国語はできますか」

「習ったことはないわ」

「ならば習得しなくてはいけません」

「……努力するわ」

　王女としてつつがなく過ごせていたとしたら、イルバス語以外にも外国語を学ぶ必要があった。それにダンスや刺繡、なにかひとつは専門分野の学問を。ジルダとミリアムはそれぞれ王女にふさわしい教育がほどこされていたし、歴代の王女たちも医学や法学、地質学、植物学などさまざまな学問を習得した。

「あなたは失った七年間を取り戻さなくてはならない。人生のほぼ半数を廃墟の塔でお過ごしだったとは、あまりにも大きい損失だ。しかしその損失は、これから補うことができる。なにか興味のある学問はありますか？」

「そんなの……考えたこともなかった」

　学ぶ機会が自分の人生にまたおとずれるなんて、想像だにしていなかったのだ。

「おいおいでよろしいです。まずは語学と王族としてのふるまい方だ。それを学ぶうちに、興味がある分野が自然と見えてくるはずです」

「あなたは……なにかを学んだ？　語学以外で」

「ひととおり」

まったく参考にならなかった。アデールは難しい顔をした。

「ジルダさまの望むような学問を学べばよろしいでしょう。ひとまずは」

「そうね」

それならば安心だろう。アデールはほっと息を吐いた。

＊

東へ馬を走らせ続け、群青色の空に銀色の星がまばらに散ったころ、エタンは到着を告げた。

「今度こそ、正真正銘の到着です」

「本当……？」

がくがくとする内ももを叱咤するように叩き、アデールはエタンの手をとった。

(星が、あまり見えない。廃墟の塔ではよく見えていたのに……)

それは古城の明かりがあまりにもまばゆかったせいでもあった。橙色の優しい明かりが窓から漏れて、行く先を照らしている。エタンは、ずんずんと歩き出した。あわててアデールも後に続く。

「あの大きな城へは行かないの？」

「すみません。まずは別棟へ案内するようにと仰(おお)せつかってますので」

どうりで手前で馬を降りたはずだ。

古びた門をくぐりぬけ、庭を通り抜けると、そこにはこぢんまりとした、小さな屋敷が建っていた。馬を彫りだした真鍮(しんちゅう)製のドアノッカーをたたくと、使用人が静かに扉をあけ、恭(うやうや)しく礼をした。

「アデール?」

奥から、懐かしい声がした。

幼い頃、この声でよく呼ばれた。少し低めの、凜(りん)と通ったすっきりとした声。

「お姉さま」

「顔をお見せ、アデール」

アデールが矢も盾もたまらず奥の部屋へすすむと、銀髪の美しい女がソファに腰をおろしていた。

一瞬、別人かと思いアデールは身を引いてしまった。だが通った鼻筋や切れ長の青い瞳は、ジルダの特徴そのものだった。よくよく考えてみれば、最後に姉に会ってから七年が経過している。彼女は今年で二十三歳、少女から女性になっていたのだ。

雪の女王のようだ。姉に幼い頃の面影(おもかげ)を重ねると、アデールはじわじわと瞳の奥を熱くした。

「あの小さかったアデールが……」

とこぼす彼女も同じような感想を持ったらしく、やがてきつく抱きしめてくれた。ふわりと香るコロンは花の良い香りがして、アデールはのちにそれが水仙の香りだと知った。

ジルダは声を震わせた。

「心細かっただろう。辛かっただろう。こんなに痩せてしまって」

「お姉さまの手紙にずっと励まされていました。ご自身も大変なのに、私のことを気にかけてくださって」

まだ生きている家族がいる。それはアデールにとって、なによりの救いだったのだ。

「なにを言う。残されたベルトラムの王女のひとりを忘れるものか。長旅で疲れただろう。城にはベルトラム派の大人が頻繁に出入りするからね。しばらくはお前が気兼ねなく過ごせるように、この離れを手配しておいた。話したいことはたくさんあるが、まずはゆっくり体を休めて」

「ジルダお姉さま。ありがとうございます」

アデールの胸にはあたたかいものがこみあげていた。七年ぶりに家族に会えたのだ。共に年を重ねることはできなかったけれど、離れていたぶん、感動はひとしおだった。わざわざアデールのためにこの屋敷を用意してくれた心遣いにも胸を打たれた。

ジルダはアデールの頬をなで、無事をたしかめるようにうなずくと、てきぱきと使用人に指示を出し始めた。

「妹に夕食を頼む。着替えや湯おけも用意してやってくれ。それからエタン、戻ってきたばかりで悪いがお前に確認してもらいたいことが――」

ジルダはエタンを連れて出ていこうとする。ほんの少し心細さが顔を出したアデールは、とっさに彼を見た。エタンはほほえんで会釈(えしゃく)をすると、さっさとジルダの後を追っていってしまった。

「醜(みにく)くなったな、アデールは」

ジルダはそう言うと、先ほどまで妹を抱きしめていた二の腕に鼻を近づけ、顔をしかめた。

「あの娘はいつから風呂に入っていない」

「さあ。彼女と共に過ごして少なくとも六日ほど経ちますが、その間は一度もないですね。吐いてばかりでしたから臭(にお)うでしょうね」

「六日ほど見ていて、どうだった。アデールのできは」

「予想通り、ろくな教育を受けていない上に自然の脅威(きょうい)にさらされて、そこらの村娘よりもひどい仕上がりになっています。ですが見た目は手を入れれば、見違えるかと」

「金髪というだけだ」

ジルダはいまいましそうに言った。

エタンは淡々と続ける。

「思考はきわめて消極的かつ他者依存的で、動かしやすいといえるでしょう」

「なるほど。廃墟の塔はすさまじくひどかったのだな。幼いながらも気概がある娘だったのに」

「見ていて少しばかり、いらいらしました」

「昔の自分を見ているようだからじゃないか。あの自信のなさ、くすぶっていた頃のお前とよく似ている」

ジルダが意地悪く言うと、エタンは付け加えた。

「それならば、アデールさまは今後とんでもない性悪女になりますよ」

「あながち間違っていないかもな」

「と、言いますと？」

エタンが興味深そうにたずねる。ジルダはうっすらと目を細めた。

「あの娘は、昔は相当にやんちゃだったんだ。大人のすることになんでもかんでも興味を示して、母親に叱られてばかり。最初はそれでもよかった。そのうち兄たちがみな粗野で乱暴者でできが悪かったから、慣例をまげて王女に王位を継がせてはどうかという話が出てくるようになった」

「ほう」

「そうなると、候補は三人。なかでもアデールは、人の心をつかむのが抜群にうまかった。子どもということを抜きにしても——どんな歴戦の戦士でも、へんくつな老人たちも、あの子を前にすると敬意と愛情を示すのだ。私たち上の姉妹は、王位に興味があった。だからあの子を押さえつけていたのだ」

みっともないから大人しくしているように。お前は本当に落ち着きがない。黙ってにこにこしていればいいのだ。

母親であるマルガ王妃も、少しずつ娘たちに感化され、同じようなことを口にするようになった。

「おかわいそうに。それであの自信のなさですか」

素直で純粋だったアデールは、姉や母の言葉通りに自分を不出来な娘だと思い込んだ。そうして誰からも認められることなく、廃墟の塔へ幽閉された。

たった八歳の彼女の世界は、変わることなく閉ざされた。

「これからは私が、王女としてそれなりにやっていける程度には教育してやる。アデールにはもともと野心などないのだから、それが一番だろう」

ジルダは言葉を切った。

「ご苦労だった。お守は大変だっただろう」

「それはもう。褒美をいただきたいくらいです」

ジルダはエタンの外套の襟を引くと、彼の薄いくちびるに自分のそれを重ねた。

「そっけない」

接吻はあっという間に終わってしまった。拍子抜けとばかりに彼がつぶやくと、ジルダはいたずらっぽく言った。

「なにしろお前も臭うのだ。続きは身ぎれいにしてからにしよう」

「楽しみにしています」

ふたりの笑い声が、含みのあるものになってゆく。

城の薔薇たちは、この密やかなやりとりをとがめるように下を向いていた。

アデールにとって波乱の亡命生活は、こうして幕を開けたのだった。

第二章

朝食を終えたアデールの前に、颯爽（さっそう）とエタンが現れた。彼は寝不足ぎみのようで、あくびをひとつ挟んでから口を開いた。

「アデールさま。本日から日替わりで家庭教師が参ります。まずはこの土地で使われるキルジア語、隣国のカスティア語の二カ国語を習得していただきます。そして一般教養のほかダンスやマナー、楽器類は二種以上演奏できるようにしておくとよろしいでしょう」

アデールは目が回りそうになった。

「あの……そんなに私の教育に時間とお金をかけていただいても大丈夫なのでしょうか」

すべて無償ということはさすがにあるまい。朝食に柔らかいパンと具だくさんのスープ、魚のポワレやフルーツのサラダが出てきた際、アデールは思わず目を疑ってしまった。二品以上ある食事は、城に住んでいたあの幼い頃以来である。

パンとスープだけでいいと言ったのに、そういうわけにはいかないと使用人と押し問答するはめになった。

（亡命生活って、もっと慎ましやかなものだと思っていた。どういう風にお金をまわしているのだろう。なにか秘策があるのだろうか。それが私にもわかれば、ジャコみたいな国民たちももう少し楽に暮らせるのに……）

　アデールが考えこんでいると、エタンは手のひらを打った。

「聞いていますか」

「す、すみません。ただ、私がお世話になるのにご負担をかけてはと思い……。フロスバ家はどのようにして、この生活を維持しているのでしょう？」

「それはあなたが気になさることではありません」

　とりつく島もない。

　アデールがしょんぼりすると、エタンは仕方がなさそうに口を開いた。

「この屋敷は正確にはフロスバ家ではなく、母方の親戚のものです。主な財源は税収と賭博場の運営です。これでよろしいですか？」

「賭博場……」

「近隣国では表だった賭博が禁止されておりますので、駆け引きを求める血気盛んな者たちが国を渡って賭け事をしにくるのです。よってまとまった収入があります」

「な、なるほど……」

　フロスバ家はもともとキルジア近郊の豪族からのしあがった家だった。イルバスだけでなくキルジアやその隣国、あちこちに親族がいる。ベルトラム朝がさかんなころは、フロスバ家がキルジアの親戚たちに財を分け与え、互いに助け合っていたのだという。

「ですから遠慮なくお過ごしください。あなたがたがイルバスを取り戻して我が家に恩賞を与えてくだされば、すべては帳消しです」

つまりは、出世払いというわけだ。

「あなたが気にするのは賭博場のことではなく、王女としての一般教養も備わっていないご自身の身の上についてです」

アデールは口をつぐんだ。

ひとまずは、大人しく言われた通りのことを学ぶしかなさそうだった。

「なにか習ってみたい学問はありますか」

「まだ思いつかなくて……」

廃墟の塔にいたころは、狩りができたら鹿や熊が捕れて、おなかが満たせるのにと思ったこともあったが、王女が狩りでもないだろう。

興味のあることは、ことごとく王女らしくないものばかりで、口にすればエタンがあきれそうだった。

塔でのことを思いだし、ずっと付き添っていてくれたアンナの顔が思い浮かんだ。

（アンナは大丈夫かな。離れて十日もしないのに、もう何年も時が経ったみたい）

エタンは改めてたずねた。

「お風呂には入られましたか」

「はい」

「ではそのぼろをどうにかしないといけません。高名な先生方に来ていただくのにその格好はまずいです」

「は、はい」

エタンは使用人に申しつけると、クローゼットにドレスを運ばせた。

あっという間に色とりどりのドレスがクローゼットを占拠した。

「髪は念入りに手入れしてさしあげろ。国王陛下譲り（ゆずり）の金髪だ」

使用人がブラシを入れてくれたが、くもの巣ができていて固まっていた。ブラシに引っ張られると、頭皮がもげそうなほど痛かった。なにかいい匂（にお）いのする油のようなものを塗られ、強引にほぐされてゆく。

「あなたには生まれ変わっていただきます」

エタンは厳しく言った。

「ジルダ王女に付きそう妹として、ふさわしい外見と教養を身につけていただかなくてはいけません。けして姉君の足を引っ張らないように」

アデールはこくりとつばを飲み込んだ。昨日、七年ぶりの再会を果たした姉はまばゆいばかりの美しさであった。それに比べて鏡の前にうつる自分は、肌は荒れて粉をふき、髪は化け物のように絡まりうねうねとしていて、どんよりとした表情を浮かべていた。

「私にできるのでしょうか」

「お祈りよりは、大変です」

アクセサリーを着けようとした使用人が、アデールの首から提がった粗末なロザリオに気がついた。

エタンは冷たく言った。

「それは捨てなさい」

「でも」

「そんなものを握りしめていても、なんの役にも立たない」

アデールはロザリオを取り上げられた。彼女がベルトラムの血を引いていても、ここでの発言力はエタンの方が大きいようだった。

代わりに、瞳と同じグリーンの花をかたどった宝石が、彼女の鎖骨(さこつ)の上にのった。

*

「できが悪いですね」

アデールはしょんぼりと下を向いた。

離れの小部屋は、以前は少人数の会議やお茶会に使用されていたようだが、最近はすっかりアデールの説教部屋だった。だいたいいつも、家庭教師から経過報告を受けたエタンがくどくどとアデールを叱るために使っていた。今日もテーブルを挟んで向かい合うと、エタンは遠慮なく口を開いた。

「ダンスもあまりお上手でない、手先は不器用だし、一般教養も基礎の基礎からとは。楽譜も読めないので楽器は習う以前の問題」

「楽譜さえ読めれば弾けるのではないか？　アデールはまだここへ来てひと月だぞ、あまり予定を詰めすぎないでやってくれ」

ジルダは助け船をだし、「なあ、まだやってみないことにはわからない」と優しくなだめた。

実際、ここ数日の勉強詰めに体が全くついてこなかった。廃墟の塔にいたときの基礎体力のなさはダンスの授業で顕著にあらわれ、くたくたになれば座学も思った以上にすすまない。

アデールくらいの年の頃では当然知っていなくてはいけないような常識も、隔離された環境で育った彼女には備わっておらず、教師は手を焼いた。

「お姉さま……申し訳ありません」

「いいのだ、今までが今までだったのだから。他になにかアデールの得意なものはないのか、エタン」

「語学の成績が悪くないことだけが幸いです。あくまで書き取りのみですが」

「なによりだ。他国の要人と話すときには通訳を介さない方が心証が良い。誰にも得意不得意はある」

「ありすぎです」

「エタン、良いところを伸ばしてやればいい。それがお前の仕事だろう」

「お姉さま」

アデールは思い切って口を開いた。

「この勉強は、いつかイルバスに戻るためのものなのですよね」

「もちろんだ」

「お父さまもお兄さまもいらっしゃらないイルバスに……私たちだけで戻るのですか？ それにミリアムお姉さまは……」

ジルダとゆっくり話す時間が設けられたのは、これが初めてのことだった。

彼女はいつもベルトラム派の重鎮たちと会合をしたり、難しい政治の話を進めているようで、城の中にこもりきりだった。離れに隔離（かくり）されたアデールとは、同じ場所に住んでいても、出くわすことすらまれであった。

そしてそのまれの機会では、いつも彼女は多くの人に囲まれており、あれこれと取り巻きに指示したり、考えを述べたりしていた。かつての国王のように。

アデールは、彼女に近づくことすら気後れしてしまい、すごすごと離れに戻る日々だった。

「ミリアムは連れていかない。お前だけだ」

「ど、どうしてですか。ミリアムお姉さまも、ベルトラムの王女では……」

「あの娘は亡命先で身元不確かな男と秘密結婚したと聞いている」

アデールは目を見開いた。

「ご結婚……なさったのですか？　それはあの、知らなかったとはいえお祝いもできず……」

「世間に顔向けできない結婚だから秘密結婚なのだよ、アデール。つまりあの娘は王女としての品格も誇りもすべて捨てたのだ。今更連れ帰ってもベルトラムの汚点にしかならん」

アデールはエタンをちらと盗み見た。ジルダは中の妹に対して相当怒っているようである。ミリアムのことはジルダに直接聞くように、と言ったエタンの真意をようやく理解できた。

「ミリアムなど、いなくなったところでどうということはない」

「そ、そんなお姉さま」

「お前は違うよな、アデール。きちんと私の期待に応えてくれると信じている」

先ほどまで成績不振を責められていた身としては、口をつぐんで小さくなっているほかなかった。ミリアムのような思い切った行動はできなくとも、このままでは姉の期待を裏切るかたちになってしまう。

「先ほどの質問だが、父上も兄上もお亡くなりになった今、ベルトラム王家の血を引く中で私が継承権一位の存在だ。王政復古となれば、女王として国に戻るつもりでいる」

「お姉さまが、女王に……」

たしかに、すでにジルダにはその風格があった。

王冠をかぶったジルダの姿を想像し、その未来がアデールの中にすとんと落ちた。

「王政復古は時間の問題です。現に革命派のひとり、ロートン・オレーヌは屋敷に火を放たれ妻ともども死亡したと聞いています。彼らが革命時に建物のあちこちに残した『Ｓ』のサインを塗りつぶす町も出てきたようです」

Ｓとは、革命派のリーダーで現イルバス指導者、サリム・バルドーを示すサインである。サリムらが占拠したり破壊した建物には容赦なくＳのサインが刻まれ、彼の名をイルバス中に知らしめたのだ。

「私たちが戻っても、国民たちは歓迎してくれるのでしょうか」

「全員が歓迎というのは難しいでしょう。一度は革命が起こっていますし、女王の誕生は、我が国では久しいですからね」

　たしかに、イルバスには長らく女王が誕生していない。

　エタンはアデールに説明した。

「本来女王の即位は継承権を持つ男性が全員亡くなっていることが条件です。女王はあくまで次の世をつなぐまでの『代理』にすぎません。しかし、今はサリムが悪政をしいたことで国民は失望しています。新しい王が現れても、彼らは疑心暗鬼になる。その点女王ならば、暗く重たいイルバスの印象を覆すことができるかもしれません。これは我々にとっては有利です。過去女王になられたエイダ・イルバスさまは長きにわたり平和な世を治められました。代替わりできる環境になられても、国民たちから惜しまれてなかなか進まなかったほどです」

「そもそも革命派といっても、一枚岩じゃない」

　ジルダは口を開いた。

「彼らは今までの暮らしの苦しみやいらだちを、サリムによって我々王族にぶつけるように誘導され、そのようにしただけだ。敵がいなくなったのに生活ぶりが変わらないので、今度は次の『敵』を見つけなくてはいけなくなった。それで同士討ちだ。本当に愚かだったのは国民であり、我々ではないのだ」

「お姉さま、でも……そもそも私たち王族が至らなかったから、国民が苦しい思いをするようになったのでは……」

戦争に負け、作物は枯れた。彼らが立ち上がらざるをえなかったのは、若者が死に、飢えと病気が蔓延したからだ。それらの責任は特権階級を与えられていた自分たちにあるのではないか。

アンナは幼いアデールにそのような罪はないとは言ったけれど、それでもベルトラムの王女に生まれた以上は、一生をかけて償っていかなくてはならないと思っていた。

「かわいそうに、アデール。お前は廃墟の塔で相当洗脳されてしまったようだな」

ジルダは同情の視線を向けた。

「誰が国主でも、結果は変わらなかったよ。疫病や不作は我々がわざとしかけたのか？　戦争の勝敗も？　違うだろう。運命がイルバスを見放したのだ。そしてその運命の渦の中心にいたのが、我々ベルトラム家だっただけのこと。しかし運は再び我らに向いてきた。この勝機を逃してはならぬのだ」

彼女は強い口調で続けた。

「それとも、お前は父上や兄上たちが無能だったと言いたいのか？」

「滅相もございません」

アデールはあわてて首を横にふった。

「アデール。二度と我々に非があるような物言いはするな。お前はベルトラムの王女であるという自覚が足りないようだな。王女がそのような態度では国民の信用を得ることはできない。できが悪いのはミリアムだけで十分だ。ベルトラムの誇りにかけて、どこへ出ても恥ずかしくない王女になるのだ」

「も、申し訳ありません」

アデールが肩を落とすと、ジルダはため息をついた。

「お前は特に父上に似ているから、より周囲からの目が厳しくなる。『飢えと苦しみは無能な国王のせいだ』という愚かな者たちは、お前を歓迎したりしない。自分のためにもしっかり学び、誇りを忘れるな」

その愚かな者たちには、アデールも含まれているのだろう。そのような言葉でじわじわと傷つけられ、アデールは瞳に涙を浮かべた。

「ああいやだ。そのようにめそめそするなど、ベルトラムの誇りはどうしたのだ。下町の女のように安っぽく泣くのだな。次に来るときには、もう少しましな王女になっていておくれ」

ジルダがため息をついて去ってしまうと、アデールはこぼれた涙を拭いた。

「お辛いですか」

屋敷の庭に出て、揺れるタンポポに触れていると、エタンがそう話しかけてきた。

「ごめんなさい、さっきは取り乱してしまって」

　アデールは、ドレスの裾をはたいた。

「辛い思いをされているのはお姉さまも同じなのに、なんだか情けなくて」

「ジルダさまは、あなたのことがうらやましいのですよ」

「私が？　どうして？」

　エタンは答えなかった。

（お姉さまは、望まれれば国主として矢面に立たなくてはならない立場……。責任も重圧も私の比ではない。お姉さまだって本来ならば今頃、どこかの貴族や王族に嫁がれ、幸せな花嫁になられていてもおかしくなかった……）

　それが許されない立場になってしまったのだ。その上、姉はアデールのことも面倒を見なくてはならない。面倒を見られる側より、見る側の方が辛いに決まっている。

　アデールにいらだちを感じるのも、無理もないことなのかもしれない。

「だめですね、私……。実はお姉さまとお会いできたら、もっとわきあいあいとした時間を過ごせると思っていたんです」

「それはそれは。なんと能天気な」

　エタンは率直に言った。

　わかってはいたけれど、ちょっぴり悔しかった。口にはしないが。

「ジルダ王女は、あなたが本来送れるはずだった人生を取り戻そうとなさっているのです。今は辛くとも我慢してください」

「……わかりました」

姉の気持ちを無駄にしてはいけない。アデールは顔をあげた。

「良い知らせがあります。イルバスではあなたの葬儀が無事に終わりました。侍女のアンナも生きて故郷の村に身を寄せています」

「良かった……」

アデールは胸をなで下ろした。

「あなたの生存を発表するのは、ジルダ王女が国内に凱旋するさいになります。死んだはずの廃墟の王女が、見違えるような美しい淑女になり新女王に寄り添っていた——というシナリオです。革命派の横暴に耐えながらも、けして絶えることのなかった姉妹の絆を強調する物語を広め、ジルダ王女はもちろん、あなたにも国民の関心を集めさせます。うら若き女王の誕生は新たな風を呼び起こすでしょう。あなたはイルバスに帰るその日まで、けしてくじけることのないように」

「わかりました」

エタンはほほえむと、ポケットから革袋を取り出した。久々の干しレモンであった。

「行儀が悪いですから、姉君には内緒ですよ」

いたずらっぽく言うと、エタンは干しレモンをアデールの口の中に押し込んだ。この場所についてからは、エタンはいつも一歩退いた様子でアデールに接していた。目にまぶしいレモンと爽やかな香りに、ふたりきりの旅のことを思いだし、アデールは懐かしくなった。

「エタン。また私にいろいろと教えてくださる？」

「それは家庭教師の役目です。私ではない」

突き放すようにそっけなかった。アデールは少しがっかりしたが、エタンがそれを察したように二きれ目のレモンを口の中へ押し込んできた。

「あの……またこういう風に、お話しできるかしら」

「気が向いたら」

エタンは目を細めると、アデールに背を向けた。アデールは舌の上で干しレモンを転がし、彼の背中を見つめていた。

＊

ある日の昼下がりのことだった。アデールはキルジア語の教師と共に、庭に出ていた。この教師はたいへん明るくユーモラスな老人で、机にかじりついてばかりでは良くないと、気を利かせてくれたのだ。

「今日は良い天気ですね、アデールさま」

　キルジア語で話しかけられ、アデールはすらすらと返す。

「ええ、本当に。でも明日からお天気が崩れそうだと、庭師が言っていました」

「なぜ庭師はわかったのでしょう」

「湿気です。雨の前日は、空気でわかるとか……。今度詳しくたずねてみます」

「大変よろしいですよ、アデール王女。初めての授業よりも格段に成長しておいでです」

　アデールはほほえんだ。語学だけはなんとかまともにできるよう、より力を入れていたのだ。エタンが唯一ほめてくれた部分だったからだ。

　廃墟の塔にいたころは話し相手も限られていたが、キルジアに来てからは教師たちや使用人とも話す機会が多くなり、以前よりも流ちょうに言葉が出てくるようになっていた。人と話して感覚が刺激されると、外国語の勉強もはかどる。書き取り以外の成績も伸びてきた。

「あ……お姉さま」

　庭の薔薇園に、きらりとまばゆい銀髪が見えた。青いドレスが揺れて、ジルダが庭に出ているのがわかった。そして見覚えのある、栗色の髪の青年貴族が。

　薔薇の茂みにかくれて、ふたりは手をとりあい、なにかをくすくすとささやきあっている。

エタンは親しげに、ジルダのこめかみにキスを落とした。それからたしかめあうように、ふたりの愛撫は増してゆく。

「さ、冷えてはいけない。我々は中に」

老人は咳払いをすると、アデールをうながした。アデールはどくどくと不自然にうごめく心臓を持て余していた。

なんなのだ。いったい自分は、なにを見たのだ。

「先生、あの……」

「素晴らしい薔薇園でしたね。さあ、次は単語の試験をしましょう」

彼は見なかったふりをしている。つまりは、そういうことなのだ。

（ミリアムお姉さまの結婚については、怒っていらしたのに……）

しかし、エタンは「身元の知れぬ男」ではない。フロスバ伯爵家の息子であるし……。

そういえば、彼は次男だった。長男はどこにいるのだろう。もしジルダと結婚するならば、それは家督を継ぐ長男になるはずだ。

単語の試験を受けながらも、アデールの頭の中は先ほどの出来事でいっぱいだった。

「アデールさま。では、次はすこしむずかしい慣用句を覚えていただきますぞ。古くからキルジアに伝わる物語に沿ったものになりますが――」

アデールはあわてて、羽根ペンを走らせた。

「ああ、ジルダさまとエタンさまですか。この城の中では、結構有名ですよ」

髪を結いながら、メイドはそう言った。

彼女はガブリエラという名の新顔で、どんなことでもざっくばらんに話す。アデールと年も近く、粗忽なところはあるが気安くて、彼女によく髪を結ってもらっていた。

「そうなの……？」

「はい。旦那さまも、もしジルダさまの夫にするならば長男のエヴラールさまをとお考えでしたのに、まさかの展開で」

「そ、その……お姉さまは、エタンと結婚なさるのかしら」

なぜ自分がそのようなことをたずねているかはわからなかったが、知りたかった。普段から口が軽いことでメイド長から注意を受けているガブリエラだからこそ、話してくれそうだった。

アデールの期待通り、そばに上司がいないのをいいことに、ガブリエラはなめらかに話し始めた。

「次男ですからねえ、エタンさまは。そうなるとエヴラールさまのお立場もないですし、微妙なところです。でも正直エヴラールさまよりエタンさまのほうが優秀ですし、城の中でも信頼は厚いですね。革命時はジルダさまを亡命させる実行役としてずいぶんお骨折りされていましたよ」

「そうなの……」

「それに……見た目もエタンさまの方が美しいですし、なんでもお出来になります。そういう意味ではなにかとエヴラールさまとエタンさまは比べられて、お互いにお気の毒です。旦那さまはどうしてもエヴラールさまと結婚させたい反面、無理にことをすすめてジルダさまにこの家ごと嫌われては大変ですから、なんともできない状態です。おふたりに縁談が持ちあがっても、ジルダさまのことを考えるとお断りしなくてはならない状況で、ご子息ふたりそろって妻をめとれない状態なのです」

王女ジルダは近い将来女王となる。うまくすれば、息子のどちらかは女王の夫――王配として王宮入りできるかもしれない。

フロスバ家がこうしてふたりの王女を手厚い加護でもてなしてくれるのも、そういった背景があるからだ。

「エヴラールさまは弟と王女さまがいちゃいちゃなさるものだから、居場所がなくなって、ついには留学されるとかなんとかで、旦那さまと大げんか。口では見聞を広めるためだと言っていますけど、絶対にうそですよ。何してもエタンさまに敵わないものだから、やけになってるんです」

長男のエヴラールは繊細かつプライドの高い性格なので、エタンが活躍するたびに周りが弟を褒めそやすのも気に入らないらしい。最近はみなが彼に手を焼いて、まともに相手もしなくなっているようだ。

「なんだか、おかしなクスリにも手を出したり、変な連中と付き合っているとか」

「そ、そうなの……？」

「ええ。だからアデールさまは絶対に付き合っちゃだめですよ。まあ、エヴラールさまもめったにお屋敷に帰らないでしょうけど」

アデールがこの屋敷に到着する少し前に、エヴラールは入れ違いで城を出ていったらしい。

「気になりますか」

「いいえ。存じ上げなかったので、どういう状況なのか知っておきたかっただけです」

そういうことならば、あまりエタンに甘えすぎるのも良くないだろう。あらぬ誤解を受けてしまう。エタンがこの屋敷に来てからよりそっけなくなった理由も明確になったというわけだ。

ガブリエラは能天気だ。

「いいですよねえ、恋って。実はたまに逢瀬をお見かけするんですけど、そういうときは私もすぐにでも恋人がほしくなってしまうんです。絵になるおふたりですから。エタンさまほどかっこよくなくてもいいから、優しい恋人がほしいなぁ」

ガブリエラはうっとりとしながらつぶやく。

「そうね……」

と相づちを打ちながらも、アデールには恋人がほしいという気持ちがまるでわからなかった。自分のことで手一杯なので、他人に目を向ける余裕がないのだ。

ただ、エタンとジルダが恋人同士だということには、驚いたしショックも受けたけれど……。

「アデールさまは、お慕(した)いしている方はいらっしゃるのですか？」

「え……」

ついこの間まで廃墟の塔の中で一生を終える覚悟をしていたというのに、お慕いする人なんて。

アデールが首を横に振ると、ガブリエラは力強く言う。

「恐ろしいところから出てこられたんですもの。これからですよ。ほら、見てください。すごく可愛(かわい)く結えたわ！」

アデールは鏡の中の自分を見つめた。

ここにやってきたばかりのときよりも少し太って、肌には血色が戻り、ぱさぱさだった金髪は、こしとつやを取り戻していた。そうすると、茶目っ気のあった父の面影(おもかげ)がほんの少し顔を出すようになった。

「もっと美しくなりますよ。アデールさまはまだ十五歳なんですもの。あと何年かすれば、きっとすばらしい美姫になられます。イルバスに帰られるんでしょう。そのときは、ぜひ私をお使いくださいね。私、一度王宮ってところに行ってみたいんです」

しっかり自分の売り込みも忘れない彼女に、アデールは曖昧にほほえんでみせた。今のところ、アデールにそういった決定権はない。

私もいつか、恋をするのかしら。お姉さまのように。

でも、いったい誰に。考えてみたが、アデールには誰の顔も思い浮かばなかった。

あらゆるものを失ってきた彼女は、そういった感情とはもっとも縁遠いような人生を送ってきた。

いつか——すばらしい美姫になれば、あるいは。

アデールは、姉のようなつんとすました表情をしてみようとした。だがどんなに鏡をにらみつけても、思い描いていたような品格はついぞにじみ出ることはなかった。

第三章

「とうとう時がきたぞ、アデール」

読書室のとびらが開け放たれ、銀の王女が入ってくる。

背が伸び、女らしいふくらみを手に入れたアデールは、姉の言葉に瞳をかがやかせた。

つやつやとした黄金色の髪、薔薇(ばら)色の頰(ほお)。クリーム色のドレスに映える、陶器(とうき)のような白い肌。

離れに住んでいたかわいそうな少女はもういなかった。アデールの住まいは城の中へうつり、今は評判のジルダの妹姫であった。

読書室のすみで、新しい言葉をおぼえるべく読んでいた教科書を置き、アデールは立ち上がった。

「お姉さま。では、私たちはイルバスに……」

「帰れる。二年も待たせることになってすまなかった」

ジルダは妹を抱きしめた。もうすぐ女王が誕生するのだ。そのとき、ふたりは手を携(たずさ)えて凱旋する。

革命派のリーダーであったサリム・バルドーは処刑された。一度は倒した王政を再建させるため、再び革命が起こったのだ。

「いつまでも玉座をあけておくわけにはいかない。すぐにでもイルバスに戻ろう」

「はい、お姉さま」

「それからお前に大事な話がある」

アデールは顔つきをひきしめた。

この二年、いつまでもべそをかいていたわけではない。少しでも姉の役に立てるよう、アデールは一生懸命勉学に励んだ。

語学は二カ国語を無事に習得し、会話もかなりの早さで交わすことができる。ハープとオルガンは演奏会にいつ呼ばれても良いように、応用の曲が演奏できるようになるまでなんとか授業を終えた。手の施しようのなかったダンスと刺繍は特別うまくもないが、下手というわけではない。もうひとつ、専門分野の知識を得ることができればとアデールは草花をよく観察し、育て方を学ぶようになった。これは土地の痩せたイルバスでも実をつけることができるような果物が作れればと思ったからであった。

辛いことがあるたびに、エタンに与えられた干しレモンのことを思い出していたからかもしれない。

専門家ほどとはいかないが、ないよりは良い。全部姉のすすめで始めたことだが、実になってきたのは確かだ。

「通訳ならばお供できます、お姉さま」

「頼もしいな。でも違う。お前の結婚の話だ」

「え?」

アデールは困惑した。そのような話は、一度もされたことなどなかった。しかもこの大事な局面でだ。

「結婚なら、妹の私より、お姉さまの方が……」

「私は女王になるのだ。下手な男と結婚してそうそうに民の失望を買うわけにいかない。わかるだろう、イルバスの民は男どもの政治にいやけがさしている。今私が結婚したら、婿(むこ)の操り人形にされるという印象を与えかねない」

「それは、そうですね……」

もともと女子の継承権は男子がいない場合の代理でしかない。王家の子どもたちは男は帝王学を、女は良き妻であり、女性の手本となるような教養とたしなみを教わる。結婚すれば夫のいいなりにされるのではないか、と思われるのは当然のことだった。

(では、エタンのことはどのように思われて……)

アデールが考え込んでいると、ジルダは声を大きくした。

「おい、聞いているのか。お前の結婚の話なんだぞ」

「し、失礼いたしました」

「相手はグレン・オースナーだ。お前もよく知っている相手だから安心しろ。私も悪魔ではない。可愛い妹に、顔も名前も知らぬ相手と結婚しろなどと言わないさ」

「グレン……」

それはアデールとジルダにとって母方の従兄弟（いとこ）にあたる青年だった。幼い頃はよく城で遊んだものだが、一番年下だったアデールは、彼のいいようにされていた。

率直（そっちょく）に言えば意地悪な男の子、という印象だ。

アデールは不安を隠せなかった。思い返してみれば、ぶたれたり、蹴（け）られたりした記憶しかない。物を隠されたり、髪を引っ張られたことも……。

「どうした、不服か」

「いえ、そんな……」

「慕う相手がいるのか？」

「まさか」

二年経っても、アデールは恋知らぬ少女だった。城の中で青年たちから好意を寄せる視線をもらうことはあっても、控えめにうつむいて、そそくさと去るだけだ。アデールが会話らしい会話をする男性は、教師とエタンだけだった。

精一杯努力を重ねたが、アデールはまだまだ自分に自信がなかった。この城にいるかぎり仕方がないことなのだが、完璧な王女と呼ばれるジルダと比べられ、常に萎縮していた。男性はみな自分を値踏みしているように見えて、苦手なのだ。

「お姉さまの決定に、そむくつもりはありません」

「言う割に、顔は隠せてないぞ。すごく嫌そうだ」

姉は今や自分の保護者だ。保護者の決定は絶対。しかも従兄妹同士の結婚となれば、家柄的にも文句のつけようもないし、同じベルトラム派の結束も高まる。

わかってはいるものの、グレンとは思わなかった。つい今しがた存在を思い出したのだが、それほど都合良く忘れていたとは、アデールにとってそういうことなのである。

「実はグレンは何度もこちらを気遣う手紙をよこしていてな。亡命せずにずっと国内にとどまり、革命派と戦ってくれたのも彼だ。私はこの城に集まる仲間を通して、ずっとグレンとやりとりを続けていた。真面目で正義感の強い若者だ。年もお前より四つ上で、ぴったりだと思うが。頼りないお前を託すにはこれ以上の青年はいない」

肖像画もあるぞ、とジルダは使用人に絵画を運ばせた。布をとられて現れたグレンは、黒髪のするどい雰囲気の青年だった。幼い頃見たときと、顔立ちはずいぶん変わっていたが、特徴は同じだった。りりしい眉と厚いくちびる、濃い紫色の瞳は意志の強さをしのばせる。

「お前たちは幼いときを最後に互いを見ていないから、送ってもらった。どうだ、いい男ぶりじゃないか」

「はい……」

　たしかに、姉の言うとおり使用人たちはグレンの肖像画に見とれているようだった。だがアデールは子どものときの意地悪の数々を思い出し、内心冷や汗をかいていた。この人と結婚して、いびられたりしたらどうしよう。

　ああ、でもそのようなくだらないことを言って、姉に余計な心配をかけては……。

　ジルダは窺うようにたずねた。

「本当に気乗りしていないようだな。この姉に理由を言ってみろ」

「あの……たいしたことではないのです。ただ、その……彼が子どものとき、私にだけ意地悪だった気がしたので……あちらも私では不満なのではないかと思いまして。彼はどのように思っているのか……」

　と、遠回しにできればこの結婚を断りたい旨を伝えてみた。

　ジルダは笑い飛ばした。

「なんだ、そんなことか。お前の肖像画を見て、あちらは乗り気だぞ。美しい姫になられたとな。それに子どものときのことは水に流してやれ。グレンはひとり息子だから、接し方がわからなかっただけだろう。今は大人で、分別もつく」

「そうだといいのですけれど」

「凱旋するからには、明るい知らせが必要なのだ。お前たちの結婚には、国民の未来もかかっている。私が見る限りでは、仕事に対しても率直で迷いがなく、きちんとした青年だ。万が一家庭では乱暴者だったとしても、姉の私が王宮にいるかぎり、下手なこともできまい。グレンに幸せにしてもらうんだ」

アデールは静かにうなずいた。もともと自分に拒否権などないのである。

結婚生活を思い、心の中で重たいため息をついた。

*

ジルダはチェスの駒を乱暴にはじいた。

「グレン・オースナーは片付いた」

向かい合うエタンは駒を持たない。ただ紅茶をかたむけ、成り行きを見守るだけだ。

ジルダは機嫌が良さそうで、先ほどからかなりブランデーがすすんでいる。

城の中で彼女の私室に断りなく出入りできるのは、もはやエタンのみになっていた。

精緻な刺繍が施された青い絨毯、銀の模様入りの椅子とテーブル。天蓋つきのベッド。故郷のイルバスを思わせる冬山の絵画。彼女のためにフロスバ家が用意した一級品であった。

ジルダ・ベルトラム・イルバスは十六歳で両親を亡くし、妹のアデールと同じような幽閉生活を送ったが、その期間はわずか一年と少しだった。そうそうに亡命の手はずを整えると、彼女はエタンらと共に用意周到にイルバスを出た。アデールは「姉も同じような苦労をした」と言うが、実際のところ、アデールのように飢え死にしかけたり、凍傷になりかけた経験はほとんどなかった。

王女の誇りはさまざまな協力者のおかげで、この娘の中に強く残り続けた。

「かわいそうな妹だ。だが廃墟の塔にいるよりはましだろう」

「巷ではグレンはあなたと結婚するという説が有力でしたが」

「その説を覆すためのアデールだ。良かった、あのような堅物と結婚しなくてすんで。虫唾が走る。火の粉は振り払えた」

ジルダは次々と駒を倒し、どかりとソファに体をあずけた。

実際問題、従弟のグレンは国内の青年貴族の中では王配になるにふさわしい一番の有力株だった。彼はジルダとアデールの母、マルガ王妃の妹が産んだ唯一の子である。肖像画通り、冷たい美貌を持った男だったが胸の内の情熱は熱く、ジルダとはたびたび意見が対立した。

王政復古を現実とするには、革命派の主要人物を葬る必要がある。民の「憎悪」の感情をふくらませ、あくまで彼らの手で暴動を起こさせようとしたジルダに対し、グレンは貴族の手による断罪に固執した。結局はジルダの意見に賛成する者が多く、彼の考えは実現しなかったが、内心ジルダのことを気に入らないと思っているだろう。

根本的に、そりが合わないのである。

もしジルダとグレンが結婚すれば、ふたりのどちらが主導権を握るかによってイルバスは大きく変わってくる。そしてジルダは彼に実権を握らせるつもりは毛頭なかった。しかし、イルバスに残って作戦の実行隊になってくれたのはグレンや彼の率いる仲間たちであり、あまりないがしろにするわけにもいかない。

そこで考えたのが、アデールの嫁入りである。

干し杏を口に含み、乱暴に食いちぎる。

まだジルダは結婚するわけにはいかなかった。イルバスの未来のためにも。

「父はじれていますよ。兄と僕、ジルダさまはどちらを選ぶのだと」

「お前はどう思う?」

「父はよくわかっていらっしゃらないだけかと」

「その通りだ。フロスバ家の男と結婚しても、なんの足しにもならない。アデールすら、あてがうのは無理だ。王女のカードを切るほどの家にはなりえない。あと二人ほど姉妹がいれば別だがね」

　エタンは特段落胆もしなかった。彼に野心はあったが、それは王配になることではなかった。ただ周囲がジルダとの関係を勘ぐり、期待したり嫉妬したりするのを面白がっているふしはあり、たびたび目の付くところで彼女と親しくしてみせた。

「お前やフロスバ家には、私が女王になったあかつきに相応の位を約束する。兄弟ともども結婚したいならしてもらって構わない」

「兄はともかく、僕に今更良い人は見つかりますかね。すっかりあなたの男として周知されていますが」

「嫉妬深くない女か、お前のことに毛ほども興味のない女を選ぶんだな」

　エタンは干し杏を口に放り込んだ。

「グレン・オースナーは本当に結婚に乗り気なんですかね。アデールさまのお話ですと、幼い頃はあまり仲が良くはなかったようですが」

「聞いたことはないが、乗り気なんじゃないか」

「アデールさまに嘘をついたんですか」

　エタンはジルダの使者としてたびたびイルバスとキルジアを行き来し、グレンとも顔を合わせている。彼はいかにも昔ながらの騎士といった感じで、まっすぐな反面、激情的なところがあった。美しくなられただのなんだの、歯が浮くような台詞を言うような男には思えなかったのだ。

「あれは昔からアデールが好きだよ。よく構っていたし。文句を言われる筋合いはない。美しくなったのは間違いないだろう。ここに来たときは洗っていない犬みたいなものだったのだから。今は人並みに手入れされている」

「アデールさまに乱暴していたことがあるとか」

「昔の話だ。アデールのことが気になるのか？」

「いえ。せっかく手入れした少女がぼろぼろにされては、苦労が水の泡ですから」

「もう一度言うが、グレンはアデールに惚れている。わかりやすいくらいに。手をあげたのは、アデールがグレンに興味を示さなかったので、じれていたからだ。大人になればなったなりの距離のとりかたをするだろう。彼が子どもらしく幼稚だっただけだ」

「そうですか」

「そうとも」

　気がなさそうに言うと、ジルダは絵画を見るともなしに見ていた。灰色の空の下にぼんやりとうかびあがる、雪に覆われた山々。震え上がるような氷の城へ、彼女は戻ろうとしているのだ。

「とうとうですね。戴冠の日は」

「待ち遠しい。ようやく私の番だ。母の処刑の日を忘れない。愚かな民に、目に物をみせてくれる」

彼女は凱旋の日をずっと夢見ていた。亡命後は帝王学や経済学を学び、王にふさわしいものの考え方を身につけた。女としても劣らぬよう、毎日の手入れやふるまいの確認を忘れることはなかった。

運命の日は、すぐそばまで近づいていた。

＊

アデールが凱旋の知らせを受けてから七日後。

イルバスへ向けて、アデールたちを乗せた船は出航した。

すでにイルバスにはベルトラム派のものが先触れをだしており、長年の苦難に耐えきったふたりの姉妹の到着をみなが待ち受けていた。

悲劇の王女ジルダと、廃墟の王女アデール。

特に亡くなったはずの第三王女アデールが実は生きており、ジルダが命がけで助け出したエピソード（本来はジャコやアンナの協力、エタンの活躍によるものだったが）は美談として語り継がれ、民の涙を誘ったという。

アデールが船の揺れに立ちくらみを起こすと、背中を支えてくれる者がいた。

エタンだった。

「干しレモンをさしあげましょうか」

「大丈夫です」

　アデールは気丈に断った。船酔いを起こしている場合ではなかった。イルバスの王女として、陸にあらわれるときには「廃墟の王女」の名を払拭できるようなふるまいをしていなくてはならない。

　エタンはゆっくりと口を開いた。

「ふたりで船に乗ったことを覚えていますか。あなたは今よりもふわふわとしていて頼りなく、甘ったれたところがありましたが、今や立派な王女におなりだ。私にもそっけなくなられた」

「それは、あなたが……」

　お姉さまの恋人だからでしょう、と心の中で続けた。

　正直なところ、彼が姉と特別に親しい仲だと知ってショックを受けたのは事実だ。頼れる兄のように思っていたのに、彼もまたひとりの男だったと思い知らされたような、年頃の女の子が誰しも経験する衝撃のようなものだった。

　特に極端に人間関係が制限されていたアデールにとっては、それは大きな出来事だったのだ。

「よろしいでしょう。あなたももうすぐ人の妻におなりだ」

「エタン、私……」

「あちらで未来の夫が待っていますよ。船を降りたら笑顔で民に挨拶し、城に入られてください。そのときにグレン殿もいらっしゃることになっています。最初に会ったときは痩せっぽちの小さな女の子で、なにをしても人並み以下で心配していましたが、これでようやく幸せになれますね」

　彼の遠慮なしの物言いにはもう慣れた。アデールはため息をついた。

「……幸せになれると思う？」

「あなた次第でしょう。最初の心持ちのままでいればいい」

　それは、彼と初めて船に乗ったときに話したことだろうか。あのとき、アデールは無関心な平和主義者だと言われた。

「本当にそのままで幸せになれるの、エタン」

「あなたの目的は生きることだ。違いますか」

「いいえ」

「目的を達することが、幸せになる近道です。幸せな花嫁になるのです」

　エタンは言い聞かせるような口ぶりだった。アデールはぼそりと言った。

「……やっぱり、干しレモンをいただける？」

　きっと結婚をしたら彼とこうして話すことも少なくなるのだろう。アデールは最後だけ、ほんの少し甘えてみたくなったのだった。

エタンは苦笑して、干しレモンを取り出し、ぞんざいに口に入れ込んできた。

親鳥から餌（えさ）を与えられる雛（ひな）のようだった。彼は廃墟の鳥かごからアデールを救い出し、別の鳥かごへうつした。そしてまた、知らない鳥かごが入り口を開いて、アデールのことを待っている。

その鳥かごの持ち主は、おそらくグレン・オースナーなのだろう。

＊

港には多くの民が詰めかけていた。

刺すような冷たい風。分厚い毛皮のコートや帽子を身につけていたが、それでも顔や首などの露出した部分は冷気で痛いほどであった。

容赦（ようしゃ）のない暴力的なまでの冷たさにさらされ、イルバスに戻った実感がわいてきた。

アデールは甲板に出て、ジルダに寄り添うように立った。彼女は内心おびえていた。アデールにとって民とは、怒りくるい、家族の命を奪い、自分を犯罪者のようにとじこめた者たちのことだった。

それでもアデールは、民を恨んではいけないと一生懸命己に言い聞かせ、自身が憎しみの感情を持たぬよう、神に祈り続けた。

リルベクの村人は親切にしてくれたし、キルジアの屋敷にいたイルバス人は、アデールにも明るく声をかけてくれたからだ。

だが、実際にイルバスの王都に集まる多くの民と対面するのはこれが初めてである。

自分がどのように感じるかが予測できないことがおそろしかった。

もし、恨む気持ちがあふれてきたらどうしよう。王女として、立派につとめを果たすことができるのだろうか。

廃墟の塔で、祈り続けた日々が報われればいいと思った。でも、そうでなかったら。

アデールは国民たちを船から見下ろした。彼らは石粒のように小さくて、こちらに無邪気に手を振っている。

目をこらすと、ジャコの姿を見つけた。体の大きい彼はすぐにわかった。アデールが手を振ると、彼も大きく手を振ってかえした。かたわらには赤ん坊を抱えた女性がおり、それがジャコの妻子であるようだ。

（良かった……）

身近だった人の健勝（けんしょう）な姿は、アデールを安堵（あんど）させる。

（民を恨んでしまうかもしれないと思っていた。でも、みんな苦しそう……）

見渡す限り、生活が豊かそうな者はほとんどいない。船を迎えに来た貴族たちですら、キルジアの若者より劣る格好をしている者もいる。

アデールの胸は締め付けられた。

それぞれに、みな革命の時を苦しんだのだ。

誰かを傷つけ、己の苦しみを叫ばなくては、生きてゆけなかったのだ。

（ジルダお姉さまの助けになろう。ベルトラム王家はこうしてまたイルバスに帰ってこられたのだから。けして、国の和を乱すことなく。新しい女王の下で、忠実に生きよう）

船の上から、ジルダは見物人たちに向かって、ドレスの裾をつまみ、膝をまげて挨拶をしてみせた。アデールもそれに従った。謙虚な王女たちの帰還に、民たちは歓喜した。

「アデール」

ジルダは小声で言った。

「私たちは、親世代とも反逆者とも違うところを見せなくてはならない。わかるな」

「はい、お姉さま」

反逆者とは、サリム率いる革命派たちのことだった。今頃残党はイルバスを追われ、亡命生活を余儀なくされているだろう。そうでなければグレンたちが彼らを捕らえ、監獄に収監しているはずだ。

できるだけ背筋を伸ばして船を降り、あたりを見回すと、見覚えのある青年が立っていた。

肖像画とそっくりの、グレン・オースナー。

すらりと高い背丈の彼は、がっしりとした体躯を正装のマントに包み込んでいて、絵よりも威圧感があった。

「グレン……」

「アデール。生きていて良かった」

彼は、風をともなって降り出した雪からアデールをかばうように、風上に立った。

耳元で、ひそひそとささやかれる。

「死んだと聞いたときは、国内にいながらなにもしてやれなかったことをずっと悔いていた」

「廃墟の塔は……地元の民でなくては近づくことさえ難しいと言われています」

グレンはちらりとエタンに目をやった。彼がアデールを連れ去り、キルジアへ渡ったことを聞いているのだろう。今にして思えば、春を迎えていたとはいえ山の中でも難所と呼ばれる廃墟の塔までよくのぼってこられたものだ。

「これからは俺がそばにいる。もうひもじい思いも寒い思いも終わりだ。安心しろ」

急にそのようなことを言われて、アデールは戸惑った。彼と結婚する心づもりでイルバスに戻ったが、子どものときから急成長をとげたグレンにたいし、まだ気持ちが追いつかなかった。

（そもそも、私は人を好きになったことがない。王家の結婚は恋愛感情など関係ないとはいえ……）

大丈夫なのだろうか。人並みにやれるのだろうか。いや、ベルトラム王家の王女とオースナー伯爵家の嫡男（ちゃくなん）との結婚なのだ。人並み以上に、うまくことを運ばなくてはならない。結婚後も夫婦そろってジルダの助けにまわるはずだ。

「よろしくお願いします」

自分でも驚くほど乾いた声が出た。

アデールが感激していないことがわかると、グレンは顔をしかめたが、そのまま歩き出した。

王女ふたりが王宮へ入ると、都はお祭り騒ぎとなった。恩赦（おんしゃ）や新しい女王の戴冠（たいかん）をたたえる芝居、飢えた民にはパンや葡萄酒（ぶどうしゅ）が配られ、街や城内の革命の爪痕を消すために多くの技師や人手が必要になり、民には働き口ができた。

その資金はすべて、ジルダが亡命中にこしらえたものだった。

彼女はキルジアで商会を作って貿易事業を行い、莫大（ばくだい）な財産をたくわえた。更に、彼女の手腕を買い、支持する他国の貴族たちから借り入れした資金の運用を行った。

「それでもこの配給や修復作業に当てればまだ大赤字だ。なんとか次の金策を考えなくてはならない。民は今の生活が良くなればかならず私を支持するようになる。国を立て直すのは経済からだ。先立つものがなければ」

アデールはベルトラム派の貴族たちと共に、およそ十年ぶりに城へ帰還した。あちこちにSのサインが刻まれた王宮は、知っているようで知らない場所になりかわっていた。ジルダは「いまいましい汚れはすべて落としておけ」と、Sのエンブレムを短剣で刺した。

「エンブレムには金の塗装がされているようですが」

エタンがひびわれたSのエンブレムを観察した。

「剝がして現金にしろ」

「御意に」

「新しい城は、外装に無駄金を使うな。見えるところはより節制しろ。反逆者たちの残した物はすべて売り払え。その金は労働者に支払う」

戴冠式は明日である。それまでこれからの国のありようについて、会議がひらかれることになった。見上げるほどの大きな窓、ベルベットの絨毯、長いテーブルの横たわった荘厳な会議の間へ、次々とベルトラム派の重鎮は足を踏み入れた。

ジルダは、アデールに向き直った。

「アデール。お前はいい」

突き放すような物言いだった。

「お姉さま」

「お前の侍女が来ているそうだ。一緒に城の中を見てこい。気になることがあれば、私かエタンに報告しろ。おいおいお前の結婚式の話もしよう。ゆっくり休め」

グレンがちらりとこちらを気遣うような視線をよこしたが、扉は無情に閉じられる。

しめだされたアデールは、扉の前で立ち尽くした。

*

かつてアデールが使っていた子ども部屋で、侍女のアンナが待っていた。

「アデールさま……！」

アンナはさめざめと泣き出した。アデールも二年ぶりの再会に胸を打たれ、ふたりで抱き合って泣いた。

「お美しい姫さまになられて、安心いたしました。廃墟の塔にいたときのことが嘘のよう」

「お前も健康そうで安心したわ。顔色もいいし、瞳も澄んでる」

「実はあの塔を出てからひとまわり太りましたの」

「今の方が、ずっときれい」

「アデールさまも」

アデールが死んだことを革命派の役人に報告したアンナは、偽物の遺体を葬った。葬儀は簡単なものだった。参列者は村人と、王都からやってきた一部の役人たちのみだった。

「ジャコも無事村を出ました」

「見たわ。船のそばまで来てくれた」

「アデールさまが帰ってくると知って、急いで手紙をよこしたのです。間に合って良かった。今は家族も増えて幸せそうですよ。ですが職が安定しないのは事実なようです」

「そう……民の生活が苦しいままだから、王政復古なのだものね」

アンナはうなずいた。

「あれから私はしばらくリルベクにとどまり、エタンさまの手紙を待ちました。無事にアデールさまが国を出られたことを知ると、故郷の村へ帰ったのです」

「そうなの……とにかく私のせいで、村の人に被害がなくてよかったわ」

それから、とアンナは口をひらいた。

「一度だけ……グレンさまがいらっしゃいました」

「グレンが」

「葬儀が終わって、村への通行規制がとかれた後です。ひっそりといらっしゃって、お花を供えられました。グレンさまも国内のベルトラム派を率いるお立場ですから、堂々とあの村へ行けば革命派たちにねらわれますでしょう。だから葬儀にもいらっしゃらなかったのです。でもたまらなかったのでしょうね、後日夜陰にまぎれて村までやってきて、私を探して言いました。廃墟の塔まで案内してほしいと……」

結局、その日は吹雪がひどく塔へたどり着くことは不可能だった。グレンは悔しそうだったが、長居するわけにもいかないと、塔へ続く道へ花を供えたのだという。

「イルバスで生花を手に入れるのは大変でしょう。きっと苦労なさって、アデールさまのために用意されたのだと思うと泣けてきて……。でも私、エタンさまとの約束は守りました。たとえなにがあっても、時がくるまで姫さまが生きていることは口外しないと」

そのため、グレンはそれから二年近く、小さな従妹が死んだと思っていた。危険を冒してまで廃墟の塔にかけつけてくれた彼に対し、アデールは申し訳ないと思う気持ちが芽生えていた。

(子どものときは意地悪だったけれど、お姉さまの言うとおり彼はもう大人だ。昔とはきっと違うはず……)

アンナはその後、アデールのイルバス凱旋の日をひたすらに待った。アデールは彼女へ手紙を書いていたが、差出人はでたらめの上中身も暗号をまじえたもので、アンナがそれを察することができたかはわからなかったが、彼女にはきちんとそれがアデールからのものだとわかったようだった。

「語学の成績がたいそうよろしいとお聞きしていますよ。これからはグレンさまと一緒に、外交をまかされることも多いでしょうね」

　アデールは小さくうなずいた。ジルダはアデールたち夫婦に、他国へのたちまわりに大いに役立ってもらうつもりだと言っていた。それはすなわち、グレンを内政に関する決定権の強い役職へはつかせないことを意味していた。

　姉は頼りになる若者だと言っていたが、正直なところ彼を重用するつもりはないのかもしれない――。

「私の結婚のことは聞いている？」

「もちろん。正式な発表はないですけれど、グレンさまが王女さまのどちらかとご結婚なされるだろうということはみなが噂していますよ。今日おふたりが並んで王宮に入られたので、アデールさまとの結婚に間違いない、と……」

「その通りよ。私、不安なの。あなたも見ていたじゃない、アンナ。子どものとき……グレンが私の髪を引っ張るところ」

　懐かしい思い出だったのか、アンナはころころと笑った。

「今日はそのようなことはなかったでしょう？」

「もちろん、そうだけれど。あのなんというか、押しの強そうな印象は今でも変わっていなかったというか」

　こちらをまっすぐに見据える紫色の瞳は、アデールをおびえさせた。

そばにいる男性と言えばエタンだけだし、自分はああいった手合いの男になれていないだけなのかもしれない。

「でも……お墓参りのことを聞いて、今少しだけ、いやな印象を払拭できたわ」

「そうですよ。グレンさまは姫さまのことを真剣に案じてくださっていたのです。嫌っている女性相手にそんなことはなさいませんよ」

アンナは咳払いをした。

「長らく将来のことを考える余裕もなく、あわただしく亡命して、初めて持ち上がった結婚話なのです。アデールさまが不安に思うのは当たり前のことです。アデールさまだけでなく、多くの結婚前の女性は一度は不安になるものなのですよ」

「そうなの？」

「そうです。グレンさまはベルトラム王家の姻族になるにふさわしい家柄のお方ですよ。なんといっても、母君のご実家であるオースナー伯爵家は由緒あるご家系ですし、グレンさまご自身も腕のたしかな騎士でいらっしゃいます。男らしく勇敢で、女性たちも彼に熱い視線を向けています。そんなグレンさまとご一緒になられるのでしたら、姫さまは国一番の幸せな花嫁になりますわ。ああっ、私ったらまた泣けてきてしまって……」

アデールはハンカチを取り出したが、アンナはそれを制して自ら取り出した大きなハンカチで鼻をかんでみせた。

「私は、お姉さまのように会議に出なくてもよいと言われたわ。それでいいのかしら」

　結婚は不安だが、国が大変なときに、自分のことでばかり悩んでいるのも憚(はばか)られて、アデールはそう口にした。

「いいに決まっています。ジルダさまは女王陛下になられるのですから会議への出席は当然ですが、そういったことは本来男の人の役目なのです。グレンさまがご出席なされるなら、アデールさまは参加の必要はないのですよ」

　アデールはなにか言いかけたが、口を閉じた。今まで勉強に励(はげ)んできたのは全部、失った時間を取り戻し、姉王女の役に立つためであった。彼女が必要ないと言うのなら、アデールはおとなしくしているべきなのだ。

(私が思うがままにふるまえば、周囲が不幸になる――お母さまは、そう言ったものね)

　アデールはふと、昔に思いを馳(は)せる。

「ミリアムお姉さまは、お元気でいらっしゃるのかしら……」

　子ども部屋の天井には、星座の描かれた美しい群青(ぐんじょう)色の絵画、おもちゃの木馬やお人形、絵本などがそのままに残してあった。革命があったとき、あらゆる王家の持ち物は奪われたはずなのに、子ども部屋は手つかずだったらしい。

　サリム・バルドーは子どもがいなかったようだから、使う必要もなく忘れられていたのか。

壁飾りの、黄色く塗られた大きな星には、アデールがいたずらでつけた塗料の赤が、かすれて残っている。

この部屋だけ、時間が止まっているかのようだった。

(私が生まれたときには、ジルダお姉さまはひとり部屋にうつられていた。ここで一緒に眠ったのは、もうひとりのお姉さま……)

かつて同じ子ども部屋で過ごしたミリアム王女を想い、アデールは物憂げなため息をついた。

*

馬車が大きく揺れた。

赤髪の妖艶な女は、いまいましそうに舌打ちをした。

「いったいどうしたの」

「すみません。明日行われる女王の戴冠式で町中が通行止めになっていまして、道が悪いところを通らざるをえず……」

「そう急かしてやるな、仕方がないだろう」

「だって。坊やたちをおいてきたから、心配なんだもの」

夫になだめられ、女──かつてはミリアム・ベルトラム・イルバスと呼ばれた王女は、クジャクの扇でむくれた口もとを隠した。

目が覚めるような深紅のドレスに袖を通し、足元にはサファイアの宝石がついた靴。その踵をいらだたしげに打ち鳴らし、ぶつぶつと文句を垂れる。

「お姉さまったら、私だけ仲間はずれにすることなどないのに。結婚したって報告したきり無視よ。独身女の嫉妬まるだしだわ。きっと私がもう二児の母だと知ったら、ますます悔しがるに決まってているわよ」

「それはないんじゃないか。妹を先に結婚させるようだし？」

「厄介払いしただけよ。グレンなんて、昔からうざったかったもの。叔母様の一人息子だから、姉妹の誰かが結婚しなきゃいけないだろうし。先に結婚しておいて良かったわ」

「君の従弟だろう。彼の活躍でこうして国に戻れるのだから、そんな言い方はよしなよ」

ミリアムの夫、レナート・バルバは興味深そうに号外を見つめた。

国中が革命体制の崩壊と王政復古でお祭り騒ぎだ。数百年ぶりに女王が誕生するとあって、イルバスの民は期待していた。自分たちが王族を次々に処刑台に送ったことなど、都合良く忘れているようだ。

「恥知らずな国民だわ」

「まあ、結局は時代の流れというやつだね……」

　レナートは号外をめくった。その内容のほとんどは、じっと事態を耐え忍んでいたジルダ王女への賞賛と歓迎、そしてそれに付け加えるようにして、廃墟の王女、アデール・ベルトラム・イルバスが従兄（いとこ）のグレン・オースナーと結婚するであろうという予想でしめくくられていた。

「いいじゃないか。めでたい話題もあるし」

「私だって、本当だったら国中に祝われたってよかったはずよ。一番に結婚したのに。まさかいなかったことにされるなんて思わなかったわよ」

「まあ、そう言ってやるなよ。義姉上（あねうえ）は僕の身分が気にくわないのだろう」

　レナートはミリアムの亡命先であるカスティア国の大商人の長男だった。

　カスティアでは知らぬ者のいない豪商であったが、爵位は持ち合わせておらず、本来であれば第二王女が嫁ぐに値する家ではなかった。王家の中でも姉妹があふれかえっていた場合、十番目以降の姫の降嫁（こうか）先としては過去にそういった大商人へ嫁いだ者もいたようである。

「だって、私たちの国はお金がなかったんですもの。お父さまもお母さまも、お金がないから殺されたのよ。なにがあったってお金が一番。誇りなんて、いくら集めてもパンのひとつも買えやしない。あなた以上の結婚相手なんていないわ。私は堅実なのよ。安心できる男を愛しぬくって決めたもの。お母さまとは違ってね」

ミリアムは夫にしなだれかかった。レナートは商魂たくましく、ユーモアがあり、ミリアム好みの東の国の血が入ったあっさりとした顔立ちをしていた。ベルトラム家が失墜していなければ、ミリアムはレナートとけして出会うことはなかったであろう。

「僕も王女さまと結婚できるなんて夢にも思わなかったさ。それで君たちの一族がまたイルバスに返り咲くって？　うまいことすれば、僕も王家の一員というわけだ」

「お姉さまばかりにいい思いなんてさせないわ。私だって王位継承権があるんですもの。お姉さまになにかあったら、イルバスは私のものよ。はじめが肝心。戴冠式にかけつけて、私の存在を思い出させてやるわ。私だって一度は幽閉されて、辛酸をなめた王女のひとりなのよ。ま、アデールほどじゃないけど」

「廃墟の姫君か。八歳から幽閉とは、ずいぶんとはずれくじを引いたみたいだな。一緒に逃げてやらなかったのかい？」

ミリアムは、嫌よ、と悪態をついた。

「一緒に逃げたら、私がかすんでしまうもの」

「君は美しいじゃないか」

「外見の問題ではないのよ。まあ、私もこの赤毛がもう少し落ち着いてくれればと思ったことはあるけれど」

母譲りの赤毛は燃え上がるように濃く、どこへ行っても悪目立ちする。

「アデールは一見無力にみえるけれど、特別よ。あの子は本物の王女なの。誰しもあの子を助けずにはいられないし、あの子もそれに応えようとする。大地が生きとし生けるものを受け入れるように、あの子もすべてをその目にとらえ、受け入れようとする――」

ミリアムは幼い頃のアデールを思い出していた。

王に嘆願しにきた勇気ある若者がいた。川の増水で家屋が流され、若者は妻と幼い息子を失った。だが、国は橋を修繕する費用さえ出せないほど、財政が悪化していた。

野良犬のように追い払われた若者は、悪態をつき、国王を口汚くののしった。

彼の逮捕は確定したようなものだった。アデールが風に飛ばされたハンカチを追いかけ、そこに出くわすまでは。

「川の水が増えたら、どれほどおそろしいものになるのか、教えてください」

アデールは淡々と若者にたずねたのだった。

「私はまだ大きな川を見たことがないのです。どういうものなのですか。あなたの顔を見ていると、とても、とてもおそろしいものであることがわかります――」

あわてて追いかけたアンナや、ミリアムはあぜんとした。

自分の父親をおとしめる身なりの汚い男にも、アデールは物怖じしなかった。

「結局、その男はだめでもともとでも良い、国王が少しでも自分たちの生活に心を砕いてくれたらと、そんなそぶりだけでも見せてくれたらと思っていたのよ。けれど国王は、もう民を拒絶していた。男は絶望していたの。王族が自分たちに見向きもしないということに――」

　幼いながらアデールは、そのことをたくみに感じ取った。

　その場だけのなぐさめの言葉ではなく、川のおそろしさを知りたいと言った。

　あなたの顔が、それを物語っているからと。

「結局、その男はおそろしい洪水の話をアデールに聞かせた。アデールはただ耳をかたむけて、うなずいただけだったけれど、あの男にとってはそれで十分だった。結局あの子のとりなしで、男はそのまま家に帰されることに……」

「それはそれは。アデールさまは廃墟の愚鈍な姫君ということではなかったということかい？　ずいぶん今の印象と違うみたいだけれど」

「お姉さまの手元にいたら、いずれそうなるでしょう。あの子の魅力は人があってこそ。孤独があの子を愚かにさせる。お姉さまもそう考えて、人生の一番可愛らしいときにあんな場所に放置しておいたのよ」

「だって、末っ子なんだろう。そこまで警戒する必要があるのか？」

　ミリアムはむくれたままだ。

「何があってもおかしくないわ。早めに芽は潰しておかないとね」

「しかし、君たち姉妹の個性はばらばらだね」

号外にはふたりの王女の特徴が書かれている。
銀髪に青い瞳のするどい美貌を持つ王女、ジルダ。
金髪に緑の瞳の、繊細な印象の王女、アデール。
そしてかたわらのミリアムは、赤髪に茶色の瞳の、炎のような激しさが特徴であった。
三人の王女は血を分けた姉妹ではあるが、驚くほどにその印象は異なっていた。
「それ、お姉さまの前では禁句よ、レナート」
ミリアムはそう言うと、まっすぐに王城を見つめた。
およそ十年ぶりに、三人の王女が揃う。歴史的瞬間がすぐそこまできていた。

＊

アデールはしばらく城の中を探検した。使用人らを手伝って、アンナと共に金の塗料のついた「Ｓ」のエンブレムを外してまわった。このエンブレムの塗料をきれいにそぎ落とし、現金にかえて国民に還元する。それは誰も不幸にならない、すばらしいアイディアに思えた。

いくつかの部屋を見て回り、やがてかつては談話室として使われていたサロンにたどりついた。

アデールの記憶では、この部屋は青を基調とし、ベルトラム家に代々受け継がれてきた年代物の調度品を置いた、落ち着いたつくりであったように思う。だが内装はがらりと変えられ、異国風の刺繍がびっしりと刻まれた賑やかな絨毯、目の覚めるような赤のカーテンがしつらえられていた。調度品も見たことのないものばかりだ。

「椅子やテーブルにはベルトラムの紋章が刻まれていたから、捨てたのね」

「アデールさま、こちらに」

アンナがはりつめた声をあげた。

「この絵……」

アデールはふと足を止めた。巨大な暖炉の真上、部屋を見下ろすように飾られていたのは、ベルトラム国王一家の肖像画であった。亡き父母、兄たち、そしてジルダとミリアム。アデールはまだ生まれていない。国王一家が幸せに包まれていたときの姿である。

塗りつぶすようにして黒字でSと刻まれ、ひどい有様であった。姉が見たら怒りくるうことは間違いない。

「この絵を見ながらここで過ごしていたのでしょうか。内装を変えるなら絵も取り払ってしまえばいいのに、サリムは野蛮な男だわ」

アンナは憤慨している。

「アンナ、手伝って。お姉さまの目に入る前に、外してしまいましょう」

「アデールさま、ここはもう廃墟の塔ではないのですよ。年頃の姫さまがそのような……」

実は廃墟の塔に来たばかりのころ、なんとか脱出できないか試みて、でこぼこの壁に足をかけて壁を上ってみたことがあるのだが、肝心の窓の鉄格子(てつごうし)はかたくて外すことができなかったのだ。

「なんだか懐かしいわね。逃げ出そうとして無駄な努力もしたわ」

アデールが暖炉のくぼみに足をかけようとしたとき、談話室の扉が開いた。

「……グレン」

ドレスの裾(すそ)をたくしあげ、暖炉を上ろうとするアデールを見て、彼は驚きに目を見開いた。

アデールはあわてて足をおろし、ドレスをはたいて取り繕(つくろ)ったが、もう遅い。

「何をしている」

彼は冷たくたずねた。

「あ、あの……もう会議はおしまい？」

「何をしているのかと聞いている」

「壁の、絵を外そうと……」

グレンは暖炉の上の絵を見上げた。それからため息をついて続ける。

「人を呼んで外させる。たとえここを上れたとしても、あの絵の大きさでは、女性一人では抱えて下りることは難しいだろう。それくらいわからないのか」

「ごめんなさい」

女性ひとりではなくアンナもいるけれど、というのは間違っても口にしてはいけない雰囲気である。

「もうすぐ結婚する身なんだぞ。浅はかな行動は慎んでもらわないといけない。ベルトラム家だけでなく、我がオースナー家の名も落ちる」

アデールがしょんぼりすると、グレンはアンナに向かって言い放った。

「お前もよくアデールを見ていろ。あまりにも行き届かないようなら侍女を替えるぞ」

「そんな、いけません」

アンナは命がけでアデールの亡命に協力し、イルバスでずっと待っていてくれたのだ。アデールがとりすがると、グレンは眉間にしわを寄せた。

「それならば、軽率な行動は慎め」

マントをひるがえし、グレンは出ていってしまった。アデールはくちびるをかみしめる。

「アデールさま……」

「アンナ、ごめんなさい。もうこんなことはしないから。あなたを辞めさせるなんて、絶対にないわ」

「私のことはいいのです。大丈夫でしたか？」

「ええ……たぶんね」

　昔はアデールがなにかをするたびに、髪や腕を引っ張ったりしてきたけれど、今はそんなことはない。アデールが死んだと聞いたときはひっそりとかけつけてきてくれたというし、船を降りたときにはそばにいるなどと言葉をかけてきたのに、先ほどはアデールが悪いとはいえ、ずっと渋面のままだった。

　本当はアデールのことを好きでもなんでもないのに、厄介者を押しつけられた、と思っているのではないだろうか。

「なんだか彼がよくわからない」

「グレンさまは真面目な方だと聞いていますから、アデールさまとどう接していいのかわからないのでしょう。しかも久々にお会いしたアデールさまは急に女性らしくなられているのですから」

「そんなの、私だって同じ……」

　グレンに昔の少年の面影はない。髪の色と瞳の色こそ同じだが、体つきも男らしくなって、声だって変わっている。知らない男の人のようだ。怒ったような態度も、アデールを萎縮させる。

「これから夫婦の時間はたっぷりあるのです。失った時間を取り戻して、互いの気持ちを正直に話していけば大丈夫ですよ」

アンナに励まされ、アデールは落ち着いた。

明日は戴冠式だ。グレンともまた会うことになるだろうし、結婚式まで少しずつ互いを知っていければいいのだ……おそらく。彼がずっとあんなに怖くなければ。

互いに決められた結婚だ。最初から仲良くというわけにはいかない。船を降りた時の言葉は、グレンなりに歩み寄ろうとしてくれた結果なのだろう。

（私も、帰国のことで頭がいっぱいで、彼が思うような反応ができていなかったかもしれない……）

グレンに恥をかかせないようにしなくては。

ひとまずは、良き王女であり、良き妻でいることが、アデールの仕事なのだ。

＊

戴冠式は翌日の昼下がり、大聖堂で行われた。

群青色に銀糸の縫い取りがちりばめられたガウンを着て、ジルダは恭しく腰を折った。

教会の大司教は美しく結われた頭の上に、まばゆいばかりの銀の王冠を載せた。

ベルトラム王朝が、十年の空白を空けて戻ってきた。

集まった貴族たちの顔ぶれはさまざまだった。グレンを筆頭とするベルトラム派の貴族はもちろん、他国へそうそうに亡命し、安全が確保されてからイルバスに戻ってきたものもいた。

サリムに味方した貴族たちは、この場にはいない。ご機嫌伺いに来た面の皮の厚い者もいたが、ジルダは追い払った。彼らの所領はすでに取り上げてある。命が惜しくばイルバスを出ていくように命じた。

アデールは、グレンの隣で戴冠式を見守っていた。ジルダは年若く美しい女王となった。誰もが彼女のするどい美貌になぎ倒され、ただ息をのんでいた。

氷のような冷たい美しさの彼女がほほえむと、乾いた土地に雨が降ったかのように、場がうるおった。

アデールは姉の姿に、ただ胸を打たれていた。こうしてイルバスに戻ってこられた。しかも女王としてだ。数年前ならジルダもアデールも、いつ殺されてもおかしくはない状況だったのだ。少なくとも廃墟の塔にいたころは、明日の命はないかもしれないと毎日のように考えていた。

（もう……大丈夫なのですね、お姉さま。私たち……）

アデールがまつげを震わせていると、グレンが気遣うように背を支えてくれた。はっとしたけれど、黙っていた。神聖な戴冠式の場では、私語は憚られる。

「私の王杖は、エタン・フロスバに」

ジルダは銀製の王杖を、エタンに授けた。

イルバスの戴冠式では、王冠と王杖を使用する。王冠は国王が身につけたままだが、王杖は儀式を終えた後に、最も信頼する部下に持たせる風習がある。王の右腕はその風習から「王杖」と呼ばれ、原則は一人の王につき一人の王杖を持つことになっていた。

大司教の合図により場が解散となると、みながさざめきはじめた。

「王杖はフロスバ家の次男だ」

「なぜ次男？　長男はどうした……」

「グレンさまではないのだな」

「聞いたところによると、女王はエタン・フロスバと懇意になさっているとか……」

ジルダがすたすたとグレンの前にやってくると、場が静まりかえった。

「グレン・オースナー。私の最も大切な杖は、お前に預ける」

グレンは腰を折った。誰もがその杖とは、ジルダの最愛の妹アデールのことだとわかったようだった。

王杖が二人。異例の人事ではあるが、新たな時代の始まりにふさわしい試みであった。

あたたかい拍手が沸き起こった。ジルダは満足そうにうなずき、エタンはグレンとアデールに向かい、深く礼をした。

（これで、新しいイルバスの王杖はエタンのフロスバ家、グレンのオースナー家と決まっ

たのね）

女王とこの二つの家を中心に、新しいイルバスが作られていくことになる。

グレンはおそらくアデールと共に外交へ出ることになるが、国内の貴族たちが彼の存在を忘れないようにするため、ジルダなりに配慮（はいりょ）した結果なのだろう。

エタンと目が合った。彼は愉快そうに瞳を細めてアデールを一瞥（いちべつ）すると、女王の背に付き添って行ってしまった。

戴冠式の後のパーティーには、多くの人が詰めかけていた。民衆の声を聞くため、ジルダは街の代表者たちとできるだけ話をする機会を持った。父王は民衆と良い関係を築くことはできなかった。ジルダが真っ先に関係を修復するべきは国民であった。

「ごきげんよう、フロスバ伯爵」

エタンの父である。アデールが声をかけると、彼は破顔（はがん）した。

「アデールさま。いやはや、ますますお美しくなられて。このようなことを言っては失礼なことだとはわかっておりますが、勝手に我が家の娘のように思っておりました」

「キルジアではお世話になりましたもの。フロスバ伯爵のお力添えなくては今はありません。娘のように思っていただけたなんて光栄です」

アデールはおずおずとたずねた。

「あの……エタンは？」

「あちらで女王陛下の手伝いを。王杖まで預けていただけるとは、息子も出世したものです」

まだ息子を王配にする夢をあきらめていないのかもしれない。その視線には、期待と圧力がこもっている。

「長男は出来が悪かったが、息子を二人持てて私は幸せですよ。こちらの屋敷も取り戻しましたので、アデールさまもぜひ遊びにいらしてください。あなたが可愛がっていた使用人も連れてまいりましたので」

あの口が軽い髪結いのガブリエラのことだ。王宮に行きたがっていた。少しうかつなところはあるが、明るく夢見がちで悪い娘ではなかった。エタンに頼んで、遊びに来てもらってもいいかもしれない。

「疲れてはいないか」

フロスバ伯爵が行ってしまうと同時に話しかけてきたのは、グレンだった。

アデールはうなずいた。

気まずい沈黙が横たわる。

周囲の視線が、こちらを気にしているのがよくわかる。女王が公認した未来の夫婦だ。

「……あの絵は外させて、修復するように手配した。国王一家の揃った肖像画は貴重だ。

塗りつぶされた部分を取り払い、しかるべき額に入れてあの部屋に置くことに」

アデールははっとグレンを見上げる。

「本当ですか。お姉さまもきっとお喜びになります」

「あなたはあの絵の中にいなかったが」

「私の絵は、もともと少ないから」

「これから描けばいい」

まっすぐな紫色の瞳と、視線がかちあった。

戴冠式の後は、あまり期間を空けずにアデールの結婚式だ。アデールとグレンは、もうすぐ夫婦となる。次に描いてもらう肖像画は、きっと新しい家族と一緒だ。

「子どものときのことは、すまなかった。あのころは……」

言いかけた彼のくちびるが静止した。開け放たれた扉に、その場にいた者たち全員が注目したからだ。

鮮やかな深紅のドレスに、燃え上がるような赤い髪。サファイアの宝石をきらめかせ、ひとりの女が挑戦的に大広間に入ってきた。

「ミリアムお姉さま……」

十年ぶりに会ったが、ミリアムの特徴は忘れていなかった。彼女は母親似であり、顔立ちだけでなくその苛烈（かれつ）な雰囲気（ふんいき）まで昔の王妃とそっくり同じであった。貴族たちはその姿を見るなり、処刑された王妃がよみがえったのかと我が目を疑うほどであった。不肖の妹もこうしてかけつけましてよ」

「ごきげんよう、お姉さま。お姉さまが戴冠式を行われたと聞いて、不肖の妹もこうしてかけつけましてよ」

姉の傍らには、すらりとした青年もいた。あれが秘密結婚したという噂の夫なのかもしれない。

ジルダは片眉をあげ、ミリアムの方へ向き直った。

「ミリアムか。わざわざ今日に会いにこずとも良いだろう。みなさんが驚いていらっしゃる」

「十年ぶりの再会なのにそっけない。お姉さまがなかなか私のことを思い出してくださらないから、待ちきれなくって。アデールばかりずるいではありませんか」

「アデールには誰も庇護してくれる者がいなかったのだ」

その言葉にはお前は違うだろう、という含みがあった。なりゆきを見守っていた青年は、前へ進み出た。

「女王陛下。初めまして、レナート・バルバと申します。このたびは……」

「それ以上は結構。料理や酒をぞんぶんに出しておりますので、どうぞ気楽にお楽しみください。私はこれからお話ししなければならない方々を待たせておりますので、失礼」

ひそひそとささやきあう客人たち。ミリアムは事前の知らせもなく、男連れで戻ってきた。秘密結婚のことはまだ国に知れ渡っていないようだが、時間の問題であった。

（どうしよう。ジルダお姉さまはどうされるのだろう）

アデールがおろおろしている間に、ミリアムはつかつかとこちらへやってくる。

「十年ぶりね、アデール。お互い命があって良かったわ」

「はい、ミリアムお姉さまも……」

元気なようだ。肌もつややかだし、瞳も生気に満ちている。

「手紙も出せなくてごめんなさいね。あなたのこと、忘れていたわけじゃないのよ。ただ、毎日のことで手一杯で……」

「仕方のないことです。私はお姉さまと再会できただけで十分に幸せです」

「そう、あなたならそう言ってくれると思っていたわ」

レナートはアデールとグレン、それぞれに挨拶をした。彼はカスティア国の大商人の息子ということだった。細かい刺繡の入ったベストや宝石つきのピン、汚れひとつない上等な革の靴。身につけているものを見るに、ずいぶんと羽振りが良さそうだ。

（貿易で財をなしたジルダお姉さまと、お話が合いそうなのに……）

ミリアムが黙って結婚してしまったがゆえ、ジルダもまだ彼女を許していないのだろう。味方にできれば心強いはずだ。自分がなんとか間を取り持てればいいのだが。

ミリアムはちらりとグレンを見やった。

「久しぶりね、グレン」

「ミリアム殿下も、お元気そうで何よりです」

「ついにアデールを自分のものにできるんだもの。あなたも頑張ったかいがあったわね」

アデールは不思議そうな顔をしたが、グレンは咳払いをひとつ挟み、続けた。

「ミリアム殿下、イルバスの住まいはどちらの方に。よろしければ俺の近衛隊に警備させますか？」

「必要ないわ。凄腕の用心棒を何人も雇っているの。うちにはまだ小さい子もいるしね」

アデールは瞳をかがやかせた。

廃墟の塔にいたころから、自身はもちろん、周囲の人物においても明るい話題とは縁遠かった。小さな子どもなんて、ずっと見ていない。姉の子どもならどんなに可愛らしいだろう。

「お姉さま、ということは……」

「まだ内緒にして。別にお祝いをあなたたちからせしめようというのではないわ。でもジルダお姉さまが知ったら、ますます……わかるでしょう？」

アデールは神妙にうなずいた。ミリアムの登場は、ジルダの筋書きにはなかったであろう。彼女の機嫌をそこねたのは間違いない。

それでも好奇心に負けてたずねてしまった。

「あの……男の子？　女の子？」

「男の子ふたりよ。やんちゃなの」

　つまり、存命するベルトラム王家の血を引く男の子だ。アデールは息をのんだ。

「ぜひ会わせていただきたいです」

「いいわよ。近々、うちの屋敷にいらっしゃい。ここへ連れてくるのは……お姉さまの許可がないとだめそうだから、時間がかかるかも。アデールひとりでは危なっかしいから、グレンも一緒に来るといいわ。珍しいお茶やお菓子をたくさん用意して待ってるから。結婚生活がどんなに良いものかを教えてあげるわ」

　ミリアムはそう言うと、さっさと歩き出して来賓(らいひん)を物色しはじめた。アデールは小さくため息をついた。昔からミリアムは、勢いだけで生きているところがある。それが王女らしからぬふるまいでも、周囲の人はなんとなく許してしまうのだから不思議なものだった。

「相変わらずだったわ」

「本当に」

　グレンは少しばかりげんなりしているようだった。そういえば彼は、ミリアムのことは結構苦手にしていたように思う。子ども部屋にミリアムがいると、なにかと理由をつけてはアデールを探検ごっこに誘ってきた。

（そういえば……彼はさっき昔のことを話そうとしていたような気がするのだけれど）

ミリアムの登場で、すっかりその話もかき消えてしまった。

「……俺たちのことは、また後日話そう。今日は女王陛下のための会だ」

「そうね」

気が削がれてしまったのか、彼は静かにグラスをかたむけた。

＊

「最悪だ」

ジルダはいまいましそうに声を荒らげた。

会はお開きになり、限られた人物のみが女王のくつろぐ別室へと呼び出された。

以前は国王の読書室のひとつとして使われていた部屋だが、ジルダは自らの書斎のひとつとした。大きな本棚がいくつも立ち並び、ソファセットやテーブル、ところどころに背の高いランプが備え付けられている。書斎だけでも五つ以上の部屋がある。あくまで女王個人のものだが、事実上イルバス一の図書室であった。

呼び出されたエタン、アデール、グレンは、女王の不機嫌にさまざまな反応を示した。

エタンはいつものように飄々としており、アデールは姉の語気の荒さにおびえ、グレンは不快そうな態度をあらわにした。

「ミリアム殿下のことですか」

「それ以外に誰がいる」

ローテーブルを挟み、ジルダとエタン、アデールとグレンが座っていた。使用人は女王の専属ひとりだけだ。飲み物やお菓子を準備している。

「てっきりオスヤ伯が飲み過ぎて粗相をした件かと」

茶化すように言うと、エタンは手ずからジルダのためにブランデーを注ぐ。チョコレートの載った金の皿を出すのも忘れない。

「アデールさまも、なにか召し上がりますか？」

「いえ、私お酒は……」

アデールが遠慮すると、使用人は心得たようにうなずき、温かい紅茶を淹れた。

「ミリアムの動向を押さえておくべきだった。あのような男を連れて、今日という日に泥を塗られるとは」

「あ、あの……バルバさんは、カスティア国で手堅いご商売をなさっているとお聞きしました。我が国の経済が逼迫しているのなら、そのお知恵をお借りできれば心強いのではないかと……」

三人の姉妹が、せっかく集まったのだ。ここは手を取り合って、皆でイルバスを良い方向に導けたら――。

そう思っての言葉だったが、ジルダはますます声を荒らげた。

「アデール。お前はそのようなことを考えなくても良い。もともとそんな男の手を借りずとも立て直す準備はしていたのだからな」

「ミリアムお姉さまも大切な姉妹です。三人揃えば、きっと心強いはず」

「私の計画にミリアムはいない。お前は口出しする必要はない。私のやり方に文句があるのか」

「滅相もございません。でも……」

このまま姉たちが仲違いしたままなのは、きっと良くない。

アデールはめずらしく食い下がろうとしたが、エタンが制した。

「アデールさま。そのくらいになさってください。女王陛下はとてもお疲れなのです。ミリアム殿下が無事にイルバスに入られたことですし、この話をする機会は他にもあるでしょう」

たしかに、ミリアムの登場は急なことだった。ジルダも混乱している。

（……このことは、日を改めたほうがいいのかしら）

ジルダ本人が、ミリアムを受け入れる気持ちにならないと、どのみち和解などできるはずもない。アデールにできるのはきっかけ作りだけだ。

そのきっかけは、おそらく今ではないのだろう。

アデールが口を閉ざすと、エタンは優しくうなずいてみせた。

少しでも姉たちの緩衝役(かんしょう)になればと思ったのだが、そう簡単にことは進まないらしい。

「アデールとグレンの結婚式で王室に良いイメージをもたらすつもりだったのに、素行の悪い王女にしゃしゃり出てこられては台無しだ」

「どうします。おふたりの結婚式はしばらく様子を見ますか？」

エタンの言葉に、グレンは「それは……」と口ごもった。

「どうしたグレン。なにか日取りに考えでもあるのか？」

「いいえ。そういったことでは……」

グレンははっきりとしない。

紅茶でくちびるをしめらせて、アデールは顔を曇らせる。結婚の時期はアデールにとってはいつでもよかったが、ジルダの考えた計画がミリアムによって崩されようとしているのが気がかりであった。

「やっぱり、ミリアムお姉さまと話し合った方が……」

「ミリアムは狡猾(こうかつ)だ。下手(へた)に情報を渡したくない」

ジルダは歯の隙間(すきま)から怒りの吐息を吐き出している。

「ミリアムはこのままでは済まさないであろう。すきあらば次の女王の座を狙っている」

「そのようなことは……」

アデールは言いかけたが、彼女には息子がいたことを思い出した。

(ジルダお姉さまが結婚して、男の子を産まなければ、次の国王はミリアムお姉さまの子ということに……)

もちろん、ジルダが彼らの継承権を認めればの話だが。

まだ言わないで、と口止めしてきたミリアムの顔を思い浮かべる。

ジルダに結婚の予定はない。しばらくは。

しばらくとは、どれくらいだろう。少なくとも五年は見た方がいいのだろうか。二十五歳のジルダは五年後には三十歳。その間にも、ミリアムの子は育つ。

「ミリアム殿下には御子がいるようです」

グレンがあっさりと言ったので、アデールは思わず紅茶をむせそうになった。

「なんだと?」

「男児ふたり。アデールと一緒に見に来るようにと誘われています」

「本当なのか。アデール、なぜ黙っていた」

「あ、あの……」

どう言い訳しよう。ふたりの姉の板挟みになっている。

「俺が口止めしていました。女王陛下が落ち着いてから話すようにと。アデールも、今日は公式な場に参加してとても疲れていたので、難しい話は俺からと思い」

すかさずかばわれた。アデールはグレンにもふたりの姉にも、申し訳ない気持ちになった。

「男の子か……やっかいですね。ミリアム殿下は何度も住まいを変えて我々の手のものを巧妙にかわしていたので、どこかに御子も隠していらっしゃったのでしょう。男子とあらば、なおさらです」

エタンはミリアムの近況を知るべく配下の者を雇って身辺を探らせていたが、情報が入ってこない時期もたびたびあったのだという。革命派の者たちから逃れるため、彼女もレナートと共にほうぼうを渡り歩いたようだ。

エタンはチョコレートを、口に放り込む。

「ミリアム殿下の子のことは、遅かれ早かれ明るみに出ますよ」

「……アデール。ミリアムの子を見てこい。健康なのか、かしこいのか。場合によっては、次の国王になる人物だ」

「あの……」

「場合によってはだ。私はミリアムの結婚を認めていない。私の許可がない王族の結婚で生まれた子は、王室の子ではない。だが私になにかあれば……男子を国王に、と望む声が出てもおかしくない」

ジルダになにか危機がおとずれた場合は、男子の継承者を残しておく選択肢もある。

（ミリアムお姉さまがジルダお姉さまと共に歩んでくださるというお考えなら、私たちの甥っ子も受け入れられるかもしれない）

それは、ふたりの妹である自分の役目だ。

精一杯がんばってみようと、アデールは自分を奮い立たせた。

エタンはにこにこしながら言った。

「まあ、ミリアム殿下のご結婚をこのまま認めずにつらぬいて、アデールさまが男子を産めばその子を次期国王にという手もありますけどね」

アデールは再び言葉を失った。

「なにか変なことを言いましたか？　子孫を残すのはアデールさまの大切なお役目ですよ」

「い、いいえ、そんなことは……」

エタンはなにを言い出すのだ。グレンまで黙り込んでしまったではないか。

結婚式もまだなのに、気が早すぎる。だいたい結婚だって延期になるかもしれないと、先ほど言っていたではないか。

「お……お姉さまがご結婚されて、子を生されるのが、一番よろしいかと」

「いずれな。だがしばらく予定はないし、お前が男を産む方が早いかもしれない」

アデールはこれ以上、この話題を続けるのをやめにした。

「かしこまりました。グレンと共に、ミリアムお姉さまの様子を見て参ります」

「グレン、妹を頼むぞ。この件の報告をふまえて、また結婚への詳しい段取りを決めよう」

ジルダは頭痛の種が増え、終始渋面(じゅうめん)であった。

*

四頭馬車に乗り、アデールとグレンは王宮を出た。ベルトラム家の紋章の入った馬車ではなく、護衛も最小限にとどめ、ひっそりと忍ぶように発(た)ったのはふたりの姉を想ってのことだ。

グレンはアデールの護衛としてそばにいることになってはいるが、もはやそれは名目上のみのことであった。ふたりの扱いはすっかり夫婦のそれであり、誰しもがまだふたりが結婚の誓いを交わしていないことなど忘れてしまっているようだ。

（まあ、お姉様が戴冠式(たいかんしき)であのようなことを言われては、そうなるわよね……）

アンナは気合いを入れてアデールを着飾らせようとしたが、装飾品はできるだけ少なくした。これはアデールとジルダ、両方の意向である。王室が贅沢(ぜいたく)をしすぎるという認識を民に植え付けるわけにはいかないのだ。

ベルトラム家の全盛期のころに比べれば重さが半分ほどの、すっきりとしたドレスを着ても、美貌(びぼう)が衰えるどころかむしろ匂(にお)い立つようなジルダは、今も国政に励(はげ)んでいる。

「今日は、ミリアム殿下のお子様の様子を見に行く。そして殿下の考えを女王陛下に報告する」

予定を確認するかのようにそう述べると、グレンは黙りこくった。

「あの……結婚の時期が、遅くなるとまずいのでしょうか」

アデールがふとたずねたので、グレンは口ごもった。

「まずいというわけではないが」

「はい」

「女王陛下の計画では、戴冠式の後に立て続けに結婚式を行い、明るい王室の印象を内外に与えるはずだった。それが遅れるとなると、つまり……今度はなにかしらの不幸の後に、俺たちの結婚を持ってくることになるはずだ」

「不幸……」

国中が悲しみに包まれても、まだこの国に希望はあると思わせるため。王室の結婚となれば式の日は休日になり、祝いの食事やワイン、銀貨が大盤振る舞いされる。そういった機会があれば民はまた明日も頑張ろうと思えるはずだ。

「災害とか、戦死者の弔(とむら)いの後とか、そういったことだ。弔いの儀式はつい先日終わったばかりで、待っても一年後だ。その頃にベルトラム朝がどうなっているかはわからない」

「そんな」

それは、姉たちの関係を意味しているのか。それとも外からの攻撃？

たしかに、イルバスの情勢が安定していないことは確かだが……。

姉の努力を無駄にしたくない。もしまた革命が起こって、誰かが命を落としたら……。

アデールはぎゅっとこぶしをにぎりしめた。

「そこまで重く受け止めるな。もしもの話だ」

「ええ……」

「女王陛下はしっかりされている。若いのに有能だと、国民からも評価されている。だが、一瞬気を抜いたのちに勢力図がまるで変わっている。王宮とはそういう場所だ」

まじめな口調でそう言うと、グレンは付け加えた。

「つまり……なにかあったときに、もたもたしていると俺たちの結婚は白紙になる可能性もある」

グレンはオースナー家の嫡男だ。早めに身を固めたいだろう。

そうしてより自身の立場を盤石にし、イルバスのためにその力をふるおうとしているのだ。

「お姉さまがたが仲良くしてくだされば、問題ないのですよね」

「簡単に言ってくれるが……」

「血を分けた姉妹なんですもの。きっと話し合えば、わかりあえるのでは……」

「あなたは女王陛下と話し合って、わかりあえたことがあったのか？」

「……」

アデールは黙り込んだ。たしかに、アデールは姉の言うことを聞くだけであって、自分の要望をのんでもらったことはほとんどないように思えた。アデールにとってジルダは今や親代わりであったせいもある。だがミリアムとジルダの関係はそうではないのだ。よりこじれる可能性がある。

「きょうだいというのは、難しいものだ。ベルトラム家だけではない。フロスバ家も長男と次男の関係は良くないと聞いている。俺はひとり息子だが、学友や親戚（しんせき）の子どもたちと常に比較されて悔（くや）しい思いをしたこともある。きょうだいとあればなおさらだ。期待されることに重圧もあるのだろう」

エタンとエヴラール。王杖（おうじょう）を受けたことで、フロスバ伯爵は長男が次男ほど出世することはすでにあきらめたようだった。ますます長男の肩身は狭いだろう。

「あなたは一番年下で、物心ついたときには廃墟の塔でひとり過ごしていたが、姉たちは違う。女王陛下とミリアム殿下は革命で離ればなれになるまで、王宮の中で互いを意識しながら過ごしてきた。王宮ではふたりは鳥に喩（たと）えられていた。聡明な女王陛下はカナリアに、自分勝手にのんびり過ごすミリアム殿下はドードーに。口さがない貴族たちがこっそりとつけたあだ名だ」

「そんな……」

王女とはいえ、まだ年端もいかぬ少女だったのに。大人たちがのびのびと成長を見守らず、陰口をたたくなんて……。むごいことをするものだ。

「知らなかっただろう。あなたはまだ大人たちの集まる夜会などに出たことはなかったから。あなたもどちらの鳥になるのか、みなに注目されていた。カナリアかドードーか。そうして値踏みされ続ければ、道を踏み外したくもなるものだ」

「秘密結婚のことですか？」

「王女がする結婚ではない」

「あの……たしかに、ミリアムお姉さまは時折驚くような行動をなさることがあるけれど、私はなにがあっても自身をつらぬくミリアムお姉さまがずっと、うらやましくて。だから……秘密結婚といっても、お姉さまにとってはきちんと考えて、堂々となさった結婚だったんだと思うの。それをジルダお姉さまに認めていただけなくて、お互いに意地になってしまっているだけで。なので……あまり、そういった言い方をしないで。どちらのお姉さまの前でも……」

人の言うことは素直に聞き、どんな話にも相づちを打ってきたアデールだったが、姉たちのことにかんしては譲（ゆず）れなかった。

ふたりの姉は、それぞれ考え方は違っても、力強く生きている。

「……」

「私は……誰も傷ついたり、悲しんだり、してほしくないんです」

エタンの顔が思い浮かんだ。無関心な平和主義者。きれいなドレスを着ても、おなかいっぱい食べられても、あらゆる国の言葉をおぼえても。自身の本質は未だに変わっていないのだった。エタンはそのままでいいと言ったけれど、本当だろうか。アデールは目を伏せた。

子どものときは、こんな自分ではなかったはずなのに……。年を重ねれば重ねるほど、臆病になる。

「わかった。言葉が過ぎたようだ」

グレンは短く言った。アデールはほっとした。

「あの……私いつも、なにか言うとお姉さまに叱られてばかりで。お前はそんなことを考えなくても良い、って……だから、あの、出しゃばりなようでしたら言って」

「女王陛下はあなたを争いから遠ざけたいだけだ。そのために俺に託そうとしている」

幸せな花嫁になるのです――。船の上で、エタンはそう言った。

みなが望むなら、自分もそうでありたいと思う。

「あなたは塔の中でずっと不幸だった。報われる未来にしてやりたいという姉心だろう」

「ええ……」

ミリアムお姉さまは、どんな心持ちで結婚したのだろうか。誰にも秘密で、ひっそりと。幸せになるため、だろうか。

アデールは目をつむって、馬車の揺れに身を任せた。

＊

バルバ家の邸宅は、王都より少し離れた郊外の、歴史ある屋敷だった。亡命した貴族の屋敷を革命派たちが奪い取ったが、それをレナートが買い取ったらしい。

「いらっしゃい。待っていたわよ」

何十人もの使用人たちに迎えられ、アデールは面くらった。彼らの奥から女優のように歩み出てきたミリアムに、ただただうなずくのみであった。

レナートはにこやかにほほえみかける。

「アデールさま、グレンさま。ようこそ我が家へ。カスティアから持って参りました、珍しい砂糖菓子とワインがあります。ぜひ召し上がってください」

小さな男の子がひとり、レナートの後ろからアデールたちを見上げていた。

「紹介します。長男のマリユスです。次男はそちらに」

乳母が抱いていた小さな赤ん坊は、ジュストという名なのだと教えられた。

「とても可愛い。マリユスは今年いくつになるの？」

「三歳よ」

「じゃあ、このプレゼントも大丈夫そうね」

アデールはマリユスに大きなうさぎのぬいぐるみを渡した。マリユスはものめずらしそうに耳を引っ張っていたが、父にたしなめられ、しぶしぶ「ありがとう」と言った。

（三歳か……。まだそんなに大きくなくて良かった、というべきなのかしら。ジルダお姉さまにとっては……）

場合によっては、彼が次のイルバス国王。とても想像がつかない。無垢で無害な子どもそのものだ。

目元は姉と同じくりくりくりとした茶色の瞳で、髪は父に似て黒。こうして見ると、あまりベルトラムの子らしくはない。

「さっそく食事でもしましょうよ。よりすぐりのシェフがうちにはいるの」

ミリアムにうながされ、アデールとグレンはバルバ家で昼食にあずかることになった。

「どう、アデール。お味の方は」

タマネギと魚介のスープ、豚肉の塩漬けの入ったサラダ、バターソースのかかった鮭のポワレ、カラントの入ったパンなどさまざまな料理が次々と運ばれてくる。

「あなた、廃墟の塔にいるときは育ち盛りなのにろくに食べ物がなかったんですって？　今からでもたくさん食べて、栄養をつけなくちゃ」

「ありがとう、お姉さま。でも贅沢な食事はあまりしないようにしているの。ほんの少しで十分だから、これ以上は……」

「もう、そんなこと言わないで。王女がろくに食べないで、民衆がおなかいっぱいになると思うの。私たちがこうして食事を楽しむことで、市場で材料が売れ、料理人に賃金が出るのよ」

「そうそう、ミリアムの言うとおり。遠慮せずに食べてください。どうしても気になるというのなら、量は少なめにしてもらいますから」

「ありがとうございます、バルバさん」

　アデールの言葉に、ミリアムは目をつりあげた。

「レナートに爵位がないのは、やりづらいの。あなた、お姉さまに口添えしてくれないかしら？　私たちもせっかくお姉さまの力になるために、カスティアからわざわざこうして駆けつけたのよ。爵位さえいただければ、なんとか……」

「女王陛下の力になるためとおっしゃられたが、具体的にはどのように？」

　グレンは斬り込むようにたずねる。

「彼の持っている商船を貸して差し上げるわ。何にしても、イルバスは土地に恵まれないもの。凍てついた土地に種をまいて、野菜が育つのを待つか、なんとか家畜が子を生んでくれるように祈るだけ。でもそれじゃあ国が干上がってしまうわ。外に出ないと」

「一理ありますね」

「でもお姉さま、外に出たところで、私たちの力になってくれそうな国はあるの。お父さまの時代に、戦争にも負けてしまったし……」

「我がカスティアは、見込みありだと思いますよ」

レナートはワインをかたむけた。

「失礼。たしかに私は爵位はありませんが、カスティアでも庶民が財をなすというのはなかなかに苦労する話でしてね。おかげでカスティア国内ではあらゆる方面の人物に顔がきくのです。実は我が国は、どこも人手不足で苦しい思いをしています。数年前に、女子どもを中心に伝染病が流行りましてね。多くの子どもたちが命を落としたのはもちろん、女性たちは後遺症で子どもを産めない体になってしまったり」

「まあ……」

なんと悲惨なことだろう。アデールは表情を曇らせた。

「働き手が足りないのです。おそらくあと五年後、十年後にはもっといなくなる。イルバスの国民は、こう言ってはなんですが丈夫です。寒さに耐え、わずかな食べ物で生き延びることができる。つまり――輸出する商品がないのなら、人を出せばいいのです」

アデールは、言葉を呑み込んだ。

それは、もしかして——。

「国民を奴隷にするということか？」

まさに彼女が思ったことをグレンはまっすぐに伝えた。軽蔑の意をこめて。

「人聞きが悪いですね。優秀な人材を派遣するということですよ」

レナートはなめらかに続けた。

「実際、イルバス人はせっかくの丈夫な体と不屈の精神を持ちながらも、学びの機会を持てずにいる。他国に比べて、この国の識字率や就業率が著しく低いのは知っていますか？多くの若者が、未来の可能性を棒に振っているのです。アデールさま、廃墟の塔にいたあなたならわかるはずだ。地方の平民がどれだけ貧しい生活をしているかを」

「それは……」

廃墟の塔の管理人をしていたジャコたちは、管理人の一族ということで特別に学校に通えていたが、それも週に一度、橇での通学のみ。読み書きや計算ができる者は少なかった。畑から食べ物がとれなくなれば、他の手段で稼ぐすべを持たない彼らはたちまち飢え死にしてしまう。

罪人の管理のために与えられた国からの支援金をわけあって、村はようやく村の形を保っていた。

「イルバスの若者をカスティアへ派遣する。カスティアは働き手を得て、イルバスはよその国に教育を任せることができます。何年かの契約制にして、契約期間を終えたらイルバスへ戻ってくるようにすれば良いのです。失礼ながらまだ国庫は潤っていないとお聞きしていますし、国民ひとりひとりの面倒を見る余裕は、今のイルバスにはないはずだ。国民は食べさせてもらえばいいんですよ、カスティアに」

レナートは息子のマリユスの頭を撫(な)でた。

「この子も世界で活躍できるように、カスティア語とイルバス語、両方の言語を教えています。アデール王女もカスティア語は習得済みでいらっしゃるとか」

「はい……」

「我々は良き姻族になれますよ。どうでしょう。ぜひこの話を女王陛下へ持ち帰っていただきたい」

アデールは息を呑んだが、なんとか口を開いた。

「話してみるだけ……話してみます。すみません、私の考えの範疇(はんちゅう)を越えていまして」

ただ、気が進まなかった。

国民の教育が不十分なことはわかっている。みなが貧しい思いをしていることも。

（けれど、イルバス人にはイルバス人の、風土と気質にあった学び方があるはず……）

実際、アデールがまともな教育を受けられたのはここ二年ほどのことだったが、生活習慣や文化の違うキルジアでの勉強は苦労することも多かった。

何より気になるのは、イルバス人が異国で立場的に不利な労働をさせられる可能性がある点だ。

ジルダがどう思うかはわからないので真っ向から否定することもできなかったが、おそらく彼女も良い顔はしないであろう。

「すぐにはっきりとしたお返事はできかねます」

「ははは、いいんですよ。僕たちが力になれるとしたら、現状維持ではなく新たな方法を模索する方面ですね。女王陛下には守りだけでなく、攻めの改革も考えていただきたい。あなたはこの話、どう思います？　オースナー伯爵」

グレンは眉間にしわを寄せていた。

「もしあなたの言うとおりに都合良くことが運ぶとしても、今ではないかと」

「というと？」

「王が代替わりしたばかりで、国民を国外へ出そうとすれば、失望を買う。今はたとえ財政が逼迫（ひっぱく）していても、国民の信頼を取り戻すことに注力すべきだ」

レナートは挑戦的な口調になった。

「そういう風にバラマキをくりかえして、潰れたんじゃないですか。ベルトラム王朝は」

「口を慎（つつし）め。王女たちの前だぞ」

「でもいつも、ミリアムは言っていますよ。国民へご機嫌取りのプレゼントもばかにならなかったと」

国民たちが王室に反感を持つようになってから、国王はあらゆる手段を講じて彼らの怒りを静めようとした。特別な休日やパンやワインの配布、家や馬を持つための資金の援助。だがもとはといえば彼ら国民から集めた税金をそこにあてがうだけで、根本的な解決には至らなかった。

「レナートの言うとおり、私はイルバスが変わるべきときに来ていると思うわ。今までと同じじゃ、また借金地獄に逆戻りよ。お姉さまは一生懸命金策に励まれてるようだけれど、ない袖は振れないわ。モノがないなら、ヒトを出すしかないでしょ」

「ミリアムお姉さま」

「ねえ、歌手は歌を歌い、役者は演技をして、メイドは私たちのシーツを洗うじゃないの。それだけの話よ。作物や鉱物を売るのではなくて、労働力を売るだけよ。なんの違いもないわ。いったいなにがそんなに不安なの？」

「それは……」

次男のジュストが泣き出して、ミリアムは乳母から息子を取り上げた。ゆらゆらと腕をゆらしてジュストを見下ろすミリアムは、苛烈な王女ではなく、慈愛に満ちた母親の顔をしている。

「目先のお小遣いをくれてやるだけじゃ、なんにもならないのよ。本当に必要なのは国民ひとりひとりに生きてゆくすべを身につけさせること。民を自立させなくちゃ。それが私たちの役目でしょ。そのための政策を打たないといけないのよ」

たしかに、国民たちに手に職を与えることができれば、道は開ける。だがそれをすべて他国の人間に任せようとするのは――。

あまりにも危険だ。そもそも民がいなくては、国はなりたたない。

アデールはこぶしをにぎりしめた。

「イルバスで育たなかった民は、イルバスの民だといえるのでしょうか」

しん、と場が静まりかえる。

「この国の土を踏み、この国の空の下で学び、立派な大人に育つ。その上で他国へ出て働きたい、学びたいという意思があるのなら、喜んで送り出すべきです。ですがよその家に子を捨てて、育ってから取り戻そうとする母親を、子どもはどう思うでしょうか」

「驚いたな。案外はっきりと意見をおっしゃるんですね」

レナートの言葉に、アデールははっとした。

（いけないい。判断はお姉さまに任せなくてはいけないのに……）

アデールは、凱旋（がいせん）の日に港に来ていた貧しい国民たちのことを思い出していた。

彼らが幸せになるなら、カスティアに託してもいい。だがそうでないのなら、この計画はやめておくべきだ。

苦しいことはたくさんあった。互いに大切なものを奪われた。

それでも、国民たちはベルトラム王朝を呼び戻したのだ。

アデールはたとえわずかでも、それに応えたいと思った。

内心、彼女たちのいうことに反発をおぼえていたのだと気づいた。だが自分の役目はミリアムたちと対立することではなく、あくまでジルダとの仲をとりもち、折衷案（せっちゅうあん）を見つけていくことだ。

「ほんの少しだけ、子どものときのアデールだったわね」

ミリアムは大きな瞳をぎらりと光らせた。

「申し訳ありません。言葉が過ぎました」

ときには、個人の感情はあとまわしにしなくてはいけないときもある。特にアデールのような、発言権を持たない王女は。

自身の気持ちを隠しておけなかったことを恥じて、アデールはうつむいた。

「捨てる、という言い方は感心しないですよアデール王女。信頼できる家に修業に出すとでも思っていただければいいのです」

「すみません」

「あくまで学ぶ意思があるものたちを集めて派遣するのですから、勘違いされては困ります。でもあなたの言うとおり、中には気持ちがすっかりカスティア国民になってしまう者もいるでしょうから、気をつけなければね。いやあ、アデール王女の意外な一面が見られて感服しましたよ」

でも、カスティアに派遣された国民たちにはわかるはず。

もうイルバスが「親」として機能していないことを――。

グレンが、アデールの手に自らのそれを重ねた。

お前は余計なことを考えなくても良い。彼の瞳が、そう語っていた。

「ミリアム殿下のお考えを、お伝えいたします」

「グレン、お願いね」

ひとまずは、今の状況をジルダに伝えて、一番良い方法を模索しよう。

誰も傷ついたり、悲しんだり、してほしくない。姉もきっとそうだろう。国民たちが傷つくことは望まないはずだ。

国民を傷つければ、刃は王室にはねかえってくる。

（それにしても、ジルダお姉さまとミリアムお姉さまをなんとか和解させたいと思ったのに、ますます関係に亀裂が入りそうな提案をされるとは。ミリアムお姉さまには、本当に参ってしまう……）

これでは、きっかけ作りはまた次の機会になってしまいそうだ。

国民をカスティアに派遣する計画についてなにかしらの結論がでないかぎりは、とうぶん無理そうである。

食事を終え、よくよくミリアムに礼を言って馬車に乗り込もうとすると、袖を引っ張られた。

「アデール」

こっそりと耳打ちをされる。

「グレンとの結婚、あなたは本当は乗り気じゃないのではないの」

「そ、そんなことは」

「本当のところはどうなのよ。あなたたち、よそよそしかったし。グレンはその気なんだろうけど、あなたはちっとも」

この姉には敵わない。アデールはあきらめたように言った。

「……ジルダお姉さまの決定ですから。私は従うだけです」

「つまらない。燃えるような愛、なんていうものはないわけ」

アデールは不思議そうな顔をした。

「そのようなものは、知りませんから」

「私はあったわよ」

「でしょうね……」

そうでなければ、異国で秘密結婚なんてしようはずもない。

十七歳になっていたが、アデールはやはり恋がどんなものかはわからなかった。多くの女性たちがそれに夢中になるからには、なにかいいものなんだろうな、という認識のみであった。しかしそれを知って不便なことはあっても、知らないことが問題になることもないだろうと思っていた。

恋とは心を浮きたたせる反面、激しく落ち込ませるものでもあるらしい、というのは聞いている。アデールはできるだけ精神を安定させておきたいのだ。

ただ、夫婦としてやっていく以上、グレンのことはよく知っておきたいし、互いに政略結婚であるとはいえ、良い関係が築けていけたらいいなとは思っている。もはやグレンとアデールは、運命共同体であった。

「王女の結婚は、物語のような恋とは無縁なものだと思っていました。なので不満はありません。グレンはたぶん……優しいですから」

「あなたがそんなに淡泊じゃ、彼はじれるわよ」

「どうしてですか？　グレンも私と同じ立場では？」

アデールがたずねると、ミリアムはいよいよ手に負えないとばかりに、彼女の肩をたたいた。

先に乗り込んでいたグレンが手を貸してくれる。

「お姉さまによろしくね、アデール」

「はい。今日はありがとうございました、ミリアムお姉さま」

馬車が走り出す。久々にミリアムと話して疲れがたまったのか、アデールはうつらうつらとしてきた。

「眠いのか」

「はい」

窓のカーテンを閉めて、グレンは車内を暗くしてくれた。

「着いたら起こしてやる」

「すみません……」

アデールは窓によりかかって眠ろうとしたが、グレンは彼女の肩を抱き、自分の方へ寄せた。アデールはグレンの肩を借りることになった。アデールが寄りかかっても、彼はびくともしなかった。

「思った以上に、複雑な話になってしまったな。女王陛下には俺から話しておく。あなたはゆっくり体を休めるだけでいい。ふたりの姉に挟まれては、負担がかかるだろう」

この結婚に、なんの不満もない。彼は不器用だけど優しい。

彼女はゆっくりと目を閉じて、金のまつげをふるわせたのだった。

＊

書斎で、ジルダは不機嫌そうに調書をめくっていた。

貴族たちはもちろん、弁護士、銀行家、学者、国中の町や村の代表者。ジルダは面会に身分を問わなかった。わかったのは、イルバスの土地は痩せ衰え、冬の漁はあまりの環境の厳しさに命をかけることになり、国を立て直すにはさまざまな方法を模索しながら、気が遠くなるほどの時間と金が必要であるということだった。

エタンはタイをもてあそびながら、けだるげに座っていた。この小さな書斎の中では、ふたりの時間は亡命していたあの頃に戻ったかのようだった。

「カスティアとの国境付近に手つかずの鉄鉱山がいくつもあります。あの鉱山を採掘する権利さえもぎとれれば、状況は好転するでしょう」

「なぜ手つかずなのかも知っているだろう」

「権利問題をめぐってカスティアと三度ほど争いましたが、決着がつかず。百年ほど前かららどちらの国民も採掘禁止になっている土地です」

「あれを手に入れるにはもはや戦争をするしかない。戦争をするには武器がいる。武器を作るには鉄がいる。堂々巡りだ、どうすることもできない」

「レナート・バルバを使っては？」

「凄腕の奴隷商人か」

「彼がそう呼ばれるかどうかは、あなたの選択次第だ、女王陛下」

エタンは薄笑いを浮かべた。

ジルダは地図を広げ、じっと見下ろした。イルバス。カスティア。キルジア。イルバスの周囲には二国が挟み撃ちするように位置し、それぞれが過去には同盟を結んだり敵同士になったりした関係だ。国力が弱っているのは、他の二国にも周知の事実。

もし本当にカスティアが人材不足で窮地に陥っているのなら、こちらの提案を呑むかもしれない。国民を人質に、鉱山の採掘権を手に入れる。鉄鉱石の分け前は二国間での取り決めになるが、自国民を預けている以上、こちらは下手に出ざるをえなくなる。彼らの命はカスティア国の手の中となる。

「イルバスから人まで出してしまったら、もはやなにも残らない」

「どうなさるおつもりです」

「バルバを使わない方法で、鉱山の採掘権を手に入れたい。採掘権は二国で平等に。あちらには人手がない。できるだけ多くイルバスが鉄を手にできれば、勝機はある。――アデールだ」

ジルダは、このところ考えていた妹姫の結婚について、決断を下した。

「今年中にグレンと結婚させる。そして私の名代として、夫婦ともどもカスティアへの交渉へ赴いてもらう」

「さようでございますか」

「ミリアムの子はまだ小さい。今のうちにアデールを派遣し、カスティアとイルバスの関係を正式に築いてもらう。アデールは私の言うことは忠実に聞く。ミリアムに取り込まれる前に、あの子をグレンに管理させる。どう思う、エタン」

「どうも何もないですね。あなたの言うことは絶対だ」

エタンは目を細めた。

「あの廃墟の姫君が、誰の糸で操られ踊り続けるのか、僕はただ見守るだけですよ」

第四章

イルバス国の第三王女、アデール・ベルトラム・イルバスの結婚式の知らせが報じられた。国民の誰しもが、彼女は春を待って結婚をするのかと思っていたが、式は性急だった。真冬のイルバス、しんしんと冷え切る大聖堂の中で、その式は厳かに行われた。

この日は珍しく晴れた。切り裂けそうな冬の青空が見守る中、大聖堂の扉が開かれた。しずしずと進む花嫁の姿に、場の誰もがうっとりと見惚れた。

アデールは白いベールの下でうつむいていた。この日のために用意されたウェディングドレスは、たっぷりの金の刺繍が施され、歩くたびに淡いグリーンに染めた生地がふわりと揺れた。小さなティアラは靴とそろいのエメラルドで飾られ、レースの手袋に包まれた手には、黄色と薄緑を基調としたブーケ。

金髪と緑の瞳を持つアデールのために、イルバス随一のドレス職人がデザインした力作であった。

かたわらのグレンの胸には、ブーケとそろいの黄薔薇が挿してある。

（いよいよ……この日が来たのね）

心は驚くほどに凪いでいた。

待ち望んだ結婚というよりは、オースナー家に嫁ぐという新たな役目を課せられたという心境だ。

結婚も、アデールの立派な仕事のひとつ。

（お姉さまやグレンのために、良い働きができたらいい……）

決められた儀式の台詞を淡々と述べ、グレンを見上げた。ベールをめくりあげられ、あらわになった彼の表情はいささか緊張しているようだった。

グレンの顔が近づいてきて、くちびるが重ねられた。

アデールは習ったように目を閉じた。そして、グレンから体を離すと台本通りにジルダの胸に飛び込んだ。

（ミリアムお姉さまには、握手のみ）

アデールの結婚式には、綿密な台本があった。エタンが作ったものだ。第三王女のアデールが誰に一番の信頼を置いているかを、周囲の人々にわからせるための台本であった。

これはたんに、ひとりの王女と伯爵のための結婚式ではない。

イルバスの中心にいる者たちが、互いの立場をはっきりと自覚するためのもの。

新しく作る体制に向けて、この場にいるすべての者たちが己の役割を確認するためのものなのだ。

参列の席順ですら、エタンのこまやかな采配によって決められているのである。

ジルダはアデールを抱きしめ、ひとつぶの涙をこぼしてみせた。

姉妹の抱擁に、ゲストたちはつられて涙ぐんだ。

ミリアムの手を取ろうとすると、彼女はくちびるをにやりとゆがめて、アデールを抱きしめた。

（あ）

精一杯、うれしそうな顔をしてみせるが、内心は複雑だ。

――筋書き通りに、ことは運ばないようだった。

「もう少しグレン殿と親密になさってください。そっけなさすぎます」

控え室へ向かって歩き出すと、背中から声をかけてくる者がいた。王宮に戻った今、アデールに対しこのような話し方をするのはひとりしかいない。エタンにお説教されるのは久々だ。アデールは懐かしい気持ちになっていた。

「ごめんなさい。台本のことで頭がいっぱいで、気もそぞろに」

「あなたが誓いのキスを交わす相手は女王陛下ではなくグレン殿ですよ」

「わかっています」

悪いとは思ったのだが、後の祭りだった。どうしていつもうまく振る舞えないのだろう。だからいつまでもエタンに怒られる。

　エタンは立ち止まった。

「アデールさま。あなたとグレン殿にはこれからカスティア国に赴き、仕事をしていただかなければなりません」

「はい、そのつもりです」

　アデールは振り返り、エタンを見上げた。彼はいつも通りの柔和な表情だった。

　彼と出会ってもうすぐ三年が経つ。過ごした時もくぐりぬけた修羅場も、まだグレンよりも彼との方が多い。

　アデールはジルダに逆らえないのと同時に、エタンにも頭が上がらないのである。

「僕や女王陛下の管理の行き届かないところへ、あなたをゆかせることになる」

「気をつけます。お姉さまや、エタンに迷惑をかけないように……」

「グレン殿を頼りなさい」

　エタンは静かに続けた。

「グレン殿は、あなたのためなら盾になることができる、数少ない人物です。あなたは彼を信頼し、愛し、尽くすのです。そして少しずつ、ここから離れるのです。表舞台には女王陛下、僕、グレン殿が立ちます。あなたは結婚して薄暗い客席へ移動した。次は観客になって気づかれぬように、立ち去るのです」

「……どういうこと？」

「あなたは自分が思っている以上に、危うい立場に立たされているのです」

それは、イルバスを姉が治めているから？　二番目の姉に息子がいたから？　それとも、廃墟の塔に閉じ込められていたから？

アデールはたずねなかった。たずねないことが正解だということは、長く彼と時を共にして、十分にわかっていた。

「どういうことなのか、たずねないのですね」

「どうせ、たずねても答えてくれないのでしょう」

「よくおわかりだ」

エタンは屈託なく笑い、ポケットから見覚えのある革袋を取り出した。干しレモンだった。アデールの口に、ぞんざいに押し込んでくる。

懐かしさをかみしめるようにして、酸っぱさを味わった。

「アデール王女。……お元気で」

エタンはアデールに背を向け、ジルダのもとへ行ってしまう。呼び止めたくなった。けれど彼の名を呼んでも、こちらを振り返りもしないのだろう。

彼はアデールを廃墟の塔から引っ張り出して、そしてあっけなく他人へ渡してしまった。

「アデール」

グレンの声がする。アデールはくちびるをかんでから、夫の呼ぶ方へと足を向けた。

＊

グレンとアデールの住まいは、王宮のすぐそばにある。なにかがあればすぐにグレンが王宮へかけつけられるよう、新しく女王から与えられた屋敷で、常に近衛隊が万全の警備を整えていた。

王女は嫁いでもベルトラムの名は捨てない。今日からアデールの名は、アデール・ベルトラム・オースナー。グレンはベルトラム王家に次ぐ位としてオースナー公爵位が与えられた。新しい女王のもとで公爵はグレンのオースナー家、エタンのフロスバ家の二家のみである。

イルバスでは王杖を預かる家には公爵の位を与える慣例があるが、二家が公爵家に格上げされたのは、初めてのことだった。

ミリアムは夫のバルバに爵位を与えるように姉に訴えていたが、その願いは今のところ叶えられていない。

「今日から……よろしくお願いします」

新しい屋敷、新しい使用人、新しい家族。

なにもかも真新しい生活に、アデールは戸惑っていたが、気丈にふるまった。

グレンの両親は、先の革命時に命を落とした。残ったオースナー家はひとり息子のグレンだけ。それに寄り添うのがアデールだ。たったふたりの家族である。

「ああ。よろしく頼む」

グレンはそれきり、黙ってしまった。

アデールは声をかけようかと思ったが、なにも思い浮かばなかった。

アデールが連れてきたのはアンナひとりだけである。新鮮な顔ぶれの使用人たちが、次々と運ばれてくるアデールの嫁入り道具の荷ほどきにかかる。ジルダは王宮に残っていた高価な品をたくさん持たせてくれた。

これからは自分がこの屋敷の女主人だ。グレンやお客様が過ごしやすくなるよう、采配をふるわなくてはならない。

一度中を見に来た際、ジルダが立地的にここ以外はありえないと言うものだから、アデールは生活に不便がないかどうかだけを確認するにとどめていた。

（内装はずいぶんきれいにしていただいているみたい。グレンや私が留守にしている間、どのように屋敷をとりしきるのか決めておかないと……）

夫婦揃ってカスティアに赴くのなら、留守がちになる。執事とよりよく家の運営ができるよう、詳細に取り決めをしておかなくては。

「アンナが先についていますから、家のことは思った以上にしっかりできているみたい。良かった」

アデールがしっかりと屋敷の造りを記憶していると、ぽつりとグレンがつぶやいた。

「あなたは、フロスバ公爵と仲が良いのだな」

「そう……?」

唐突(とうとつ)な物言いだった。

「先ほどはかなり……くだけた様子で話していたが。それになんだか、名残惜(なごり)しそうだった」

先ほどとは、あの結婚式の口づけがそっけないと注意を受けたときのことか。まさか聞いていたのでは。

アデールは緊張しながら、「エタンは、キルジアでは私のお目付役のようなものだったから」とごまかした。

言葉にするとすとんと落ちる。そう、エタンはお目付役だった。姉の恋人で、少し意地悪で、いつも油断ならなかった。でもいないと不安だった。そんな存在。

「これからは俺が夫だ。あまり他の男と親しげにしないように。オースナー家の品位が落ちる」

「……そういったつもりでは……」

「わかったか」

「……はい」

グレンは、エタンと姉が深い仲であることを知っているはずなのだが。

アデールはぼんやりと庭を眺めた。雪が緑を覆（おお）い隠し、花が咲いているかどうかもわからなかった。

雨が降れば雪はすぐに溶けるのだが、今日のように晴れている日は、ただ雪が固まって、じっとりと汚れていくのを待つだけ。

廃墟の姫君……その門出にふさわしい景色なのかもしれない。

今のアデールに異名はない。昔は廃墟の姫君と呼ばれていたこともあったが、ジルダの尽力もあって汚名は払拭（ふっしょく）した。

これからはアデールは客席に座る。そして、照明が落ちたのを合図に、ゆっくりと去る。この国の中心から、外へ、外へと。観客には役名がない。

窓のそばで冷たく体を震わせると、グレンが自分のマントにアデールを引き入れた。

「グレン……」

「ずっと、きちんと謝れていなかったのだが。昔……いろいろと乱暴を働いたこと」

グレンはようやくの思いで口にしたようだった。アデールは彼の言わんとすることがわかり、やんちゃ坊主だった小さなグレンのことを思い出していた。

戴冠式の日に口にしかけていたのは、このことだったのだ。

「ああ、あれは……小さい時のことですから」

水に流して今の彼を見ろ、と周囲の人からさんざん言われている。

「俺は伯父上が好きだった。誰に何を言われようとも」

アデールの父、先代のイルバス国王のことである。

「たしかに、国王としてはいろいろと迷いがあったように思える。だが本来の伯父上は、家族想いで優しく、強い人だった。俺を膝の上にのせて、昔語りをしてくれたこともあった。俺は伯父上の太陽のような金髪が好きだった。イルバスは曇り空ばかりで、太陽はめったに顔を出さない。俺にとっての太陽は、伯父上だった」

グレンはアデールの金色の髪を指でくしけずった。

「うらやましかったのだ。太陽を受け継いだ娘が。許してほしい」

愛した家族はもういない。アデールは、グレンが心細そうにたたずむ小さな男の子に見えた。ようやく彼に昔の面影を見いだせた。

グレンが体を寄せてきたので、アデールは反射的に身を固くした。自分の体がそのような反応を示したことが、アデールは不思議でならなかった。

これではまるで、彼を拒絶しているようではないか。

「……すみません、ちょっと驚いただけ」

「いや、式で疲れているのだろう。今日はゆっくり休もう」

私はグレンを信頼し、愛し、尽くす。エタンの言うとおりにすれば間違いはない。

グレンは優しい人だ。大丈夫、人の愛し方がわからなくとも、できるはずだ。

こういったことは、習わずとも経験してゆくものなのだ。それくらい、自分にだってわかる。

身支度を整え、寝台へゆくとグレンはぐっと黙り込んでから、ランプを吹き消した。アデールはグレンのとなりで泥のように眠った。日が高くなるまで、一度も目覚めることはなかった。

＊

アンナが落胆している。

それは、朝食が始まってすぐにわかった。

「旦那さまが、お早く目覚められて朝食を召し上がってから、王宮へ出仕なさいました」

とがめるような物言いだった。今朝はジャガイモとタマネギの浮かんだミルクスープと干しぶどう入りのパンのみだ。ひとりで食事するときは、スープとパンだけにしてほしいとお願いしてある。

　グレンにはいいものを食べてもらいたいので別のメニューを命じているが、アデールひとり、この屋敷にいるだけではたいしておなかもすかないのだ。

「そう。では私たちはカスティアに行く前に、いろいろと屋敷を整えておかないといけないわね。昨日もおといも結局手つかずになってしまった場所が――」

「違います。旦那さまとはなにもなかったのですか。昨晩も」

　アデールは答えなかった。つまりそういうことなのである。

　グレンはなにも言わないが、結婚した後にアデールに期待されていることは外交や通訳の仕事だけではない。次のオースナー家の嫡男を産むことだ。

　エタンが言うように、できるだけ男子を産むように望まれている。

　嫁入り修業時にきちんと専門の医師に教わったのだから、するべきことは知識としては備わっているはずだ。そのときだって、別にショックを受けたりはしなかった。

　ところが肝心なところでアデールが身を固くしてしまったり、なぜだか手の震えが止まらなかったりするので、グレンはいつもなにか言いたげにしながら、ことを中断してしまっていた。

　このような事態になるとは思わなかった。にこにこして、男性に身を任せていればいいと言われたのに、話が違う。精一杯にこにこしているつもりなのだが、顔の筋肉が不自然に引きつっているのが自分でもわかる。

ゆゆしき問題だ。

「なにか……意識を失っていられるとか、体に力が入らなくなる薬があればいいのだけれど」

「なにをおっしゃいます」

「いっそのこと大量に飲酒でもしてしまえば、どうにかなるかもしれない。お酒はあまり得意ではないのだけれど」

「お薬やお酒を飲まれても、旦那さまはますます自信をなくすだけです」

「なぜグレンが？　自信がないのは私の方だわ、みなが当たり前にできていることができないなんて……彼にも申し訳なくて」

子どもをふたりも産んでいる、ミリアムにたずねたらわかるのだろうか。

アンナは口調をきつくした。

「アデールさま。おそらく旦那さまは、エタンさまのことを気になさっておいでなのです」

「なぜ？」

そこにエタンが出てくるのか。

この件とまったく関係ないのではないか。

「あなたさまを廃墟の塔から救い出したのがエタンさまで、二年もキルジアでご一緒して、アデールさまが信頼されているのがエタンさまだからです。その……旦那さまは、男としてエタンさまに負けていると……思ってらっしゃるのではないかと」

後半は小さな声でぼそぼそと言われたので聞き取りづらかった。アデールは言葉の意味を考えて、ここへ越してきた初日にエタンのことをたずねられたと思い出した。

「そんなことはないわ。お姉さまはふたりに公爵の位を与えられたのよ」

「そういったことではありません。アデールさまから見た、おふたりのことです」

アンナは難しいことを言う。アデールは眉を寄せた。

「つまり？」

「もし、もしですよ。アデールさまが川で溺れられて、おふたりが助けに入られたとします。どちらの手を取りますか？」

「近い方を取るわ」

「そういったことではないのです！」

アンナはきいっと声を荒らげた。アデールは思わずスプーンを取り落とした。

給仕のメイドが黙ってそれを拾い上げ、新しいものと交換する。

「そうね……川の流れが速いかもしれないから、体ががっしりしている、グレンの方が良いかしら」

「アデールさま……。普通は、愛しい男に助けてほしいと思うものなのですよ。そして男は、好いた女に愛しいと思ってほしいものなのです。そうでないと自信をなくして、嫌われないようにすることしかできない。今の旦那さまはまさにそれです。アデールさまに触れたら嫌われるかもしれないと思い、先に進めないのです」

「嫌ったりしないわ」

「でも、好きにもならない。それでは困ります」

アンナは声を落とした。

「私にだけ、本当のことを教えてください。アデールさま。愛している人はいますか？」

「お前のことは好きよ、アンナ」

「お姉さま方のことは？」

「ちょっと怖いし、驚かされることもあるけれど……ふたりとも、それぞれ尊敬しているわ」

「エタンさまは？」

「離れたらさみしいと思う」

「旦那さまも？」

「グレンも、離れたらさみしいと思う。これって、好きってことでしょう？」

「難しいですね……」

アンナは頭を抱えた。

「きっと、恋を知るべきときに廃墟の塔に閉じ込められたままだったのがいけなかったのでしょう。アデールさまの愛は、すべて友愛や家族愛で、恋愛ではないのです」

「それは、いけないことなの……？」

「いけなくはありません。ただ時間がかかるだけです」

アンナは名案が浮かんだとばかりに、瞳を輝かせた。

「カスティアへ行かれるまでに、まだ時間があります。若いメイドを呼び寄せましょう。お手紙にあったでしょう。キルジアでよく髪結いをさせていた」

「ガブリエラのこと？」

「そう、その娘です。きっとアデールさまに恋の喜びを教えてくれるはず」

アデールはけげんな表情になった。

「それで本当に解決するの？　キルジアでだってあの子をそばにおいていたけど、恋なんて分からなかったわ」

「その時はアデールさまもお勉強しなくてはならないことがたくさんあって、恋愛にうつつを抜かしている場合ではありませんでしたでしょう。今思えば、『恋愛にうつつを抜かしている場合ではない』時がアデールさまには長すぎたのですわ。それが良くないのです。四六時中恋愛のことで頭がいっぱいの娘をそばに置けば感化されるはずです」

「そうはいっても、お姉さまが女王陛下になられたばかりで大変なときに……」

ジルダのため、イルバスのため、これからカスティアに行かなくてはならない。鉄鉱山の採掘権をもぎ取れるかどうかは、アデールとグレンにかかっているのだ。

「アデールさまは国政にかかわる必要はないのでしょう。交渉は旦那さまに任せ、アデールさまは通訳をすればいいだけです。せっかくお嫁入りされたのに、政治のことで頭を悩ませる必要はありません。ジルダさまの悩みはジルダさまのもの、アデールさまの悩みはアデールさまのものなのです。むしろ夫婦の問題を解決しておかないと、旦那さまが交渉に集中できない可能性があります」

「それは困るわ」

自分のことで、グレンの足を引っ張るわけにはいかない。

「旦那さまに新しい髪結いのメイドを雇ってもいいか、聞いてみてください。フロスバ家から連れてきたものであることは伏せて」

「わかったわ」

執事がやってきて、アデールはひとまず食事を終えた。カスティア行きに向けて荷の整理や留守時の対応をこまかく取り決めながら、グレンへお願いする切り出し方を考えていた。

「メイドを雇いたい？」

グレンは寝間着のガウンを着て、アデールが注いだブランデーに口をつけた。

結局、知恵を働かせることも甘えることも得意でないアデールは、率直にお願いすることにしたのだった。

「それは構わないが。うちの者でなにか不手際があったのか？」

「そうではないの。ただ、若手がひとりいた方がアンナも助かるかと思って」

「いいだろう。メーガスに話すといい」

執事のメーガスには話を通してある。フロスバ家も、アデールの頼みならよろこんであのメイドを差し出すはずだ。

ずいぶんあっさりと許してくれたな、とグレンをちらりと盗み見る。彼の表情は変わらなかった。

王宮の様子をそれとなくたずねてみる。

「お姉さまは、お元気でいらっしゃった？」

「ああ」

「あの……ミリアムお姉さまと、バルバさんのことは」

「バルバ氏はまだ爵位を持たぬままだ。女王陛下は彼の提案には乗れないと判断している」

「そう……」

「聞かないのか？」

グレンは意地悪くたずねた。

「エタン・フロスバのことは」

アデールは面食らった。

「聞く必要はないわ。王宮を離れるときに、お別れめいた挨拶はしたし。きっとまた、お姉さまに呼び出されたらすぐに会うことになるでしょうけれど」

「彼のことを愛しているから、俺を拒むのではないか？」

「……グレン」

アデールは目を伏せた。

やはりアンナの言うとおり、彼はエタンを意識している。

そして、うまく夫婦生活を営めないことを気にしている。

（このまま、外交に集中できないということになったら……）

それは困る。アデールはあわてて口を開いた。

「あなたを拒んでなんていない、ただ体が勝手に……」

「その方が、余計に傷つくのだが」

「ごめんなさい。あなたのこと、昔より嫌いじゃない。好きになりたいと思ってるの。どうしたらいいかはこれから勉強する。でもエタンに同じことをされても、きっと同じ反応をかえすわ。あの……とりあえず……私、目をつむっているから、もう一度」

アデールは勇気を持ってベッドにのり、ぎゅっと目を閉じた。

こうした方がいいのかはわからなかったが、とりあえず彼の顔や手を見なければ、体が反応せずにすむかもしれない。

「……別に構わない。焦る必要はない」

アデールはおそるおそる目を開いた。

グレンはするどい顔つきを、ほんの少し切なく歪めた。

「あなたは特殊な育ち方をしている。なにもかも人と同じにとはいかない。そういったことにはまだまだ疎い、それだけだろう。あなたが受け入れる準備ができるまで待つ」

「グレン……」

「嫌がる女をむりやり抱いても、自分が悪漢になったようで気分が悪い」

「あの、本当に……」

「申し訳ないと思うのなら、もう少し俺に懐いてくれないか。……俺も、あなたの望みはできるだけ叶えるように、努力するから」

グレンが、アデールの頰に手の甲をすりつけた。アデールはおそるおそる、彼の手にふれた。

「ありがとう、グレン」

アデールは、おそらく彼の妻になってから初めてほほえんだ。

　グレンはぐっと眉を寄せたが、彼女の頬を軽く引っ張って、終いにした。

＊

「これはこれは、幸せのまっただ中のオースナー公爵。ご機嫌麗しゅう」

　グレンは足を止めた。廊下の向こうから、エタン・フロスバが声をかけてきた。

　淡い栗色のふわふわとした髪に、女のような美しい顔。女王から王杖を預けられた期待の青年。優雅さと底知れない妖しさを併せ持ったこの男は、女性たちの視線を思うがままにしてきた。

「どうですか、新婚生活は。女王陛下から、あなたは幼い頃よりアデール王女に懸想していたとお聞きしました。初恋の君を見事いとめたご気分は、さぞかし甘いものでしょう」

「わざとだろう」

　グレンは短く言った。

「あのとき俺が来るとわかって、わざとアデールになにか食べさせただろう」

「干しレモンのことですか？　失敬。王女はあれが好物なのです」

　表情ひとつ変えずに、そう言ってのけた。

　だが、グレンにはわかっている。

エタンは、アデールに餌付けしながら小馬鹿にしたような笑みを浮かべていた。アデールに対してではない。かちあったグレンに対してだ。

どう考えても、グレンに対する挑発であった。

「保護者の許可がなければおやつも食べられないとは、アデール王女もまるで小さなお子さまですね」

「今後、妻に対してあのような行動は慎んでもらいたい。あらぬ疑いをかけられる」

「あなたと不仲だという噂でも？」

痛いところを衝いてくる。だがグレンも負けじと続けた。

「エタン・フロスバは跡継ぎの兄を家から追い出し、女王陛下だけでなく王女にも手を出す、不埒で軟派な公爵という噂だ。過ぎた望みは身を滅ぼすぞ」

「下品な噂だ。いったいどのような者の口から、そのような与太話がこぼれるのやら――」

エタンは、余裕のまなざしだった。人差し指でグレンのくちびるにふれる。

「口にするのも、憚られる」

グレンは額に青筋を走らせた。

「エタン、貴様――」

「女王陛下がお呼びですよ。カスティアとの鉱山の件、よくよく頼みます。我が国の未来はあなたたち夫婦にかかっているといっても過言ではない。活躍を期待しています」

「言われなくとも」

グレンはいらだたしげにマントをひるがえした。彼の牽制など物ともせず、エタンは鼻歌を歌いながら去っていく。

あのように腹だたしい男が、王杖を預けられたというだけでも気にくわないのに、アデールにまでちょっかいをかけるとは。

グレンは怒りを発散するように、こぶしで力強く壁を殴りつけた。

＊

「改めまして、フロスバ家からまいりました。ガブリエラ・バルディです。よろしくお願いいたします」

新しいメイドは深々と礼をした。

「アデールさま、すごく久しぶりですわ。私のこと、覚えててくださったんですね。実はアデールさまにお知らせしなきゃと思って、新しい芝居の呼び込みチラシを――」

「ガブリエラさん、あまりかしましくしゃべりすぎないように」

さっそくメーガスにお小言をくらうガブリエラであった。

「ガブリエラ。奥さま付きの侍女として、私からいろいろとお願いしたいことがあります、こちらへ――」

アンナはさっさとアデールの私室へガブリエラを入れてしまう。

落ち着いたころをみはからって、アデールはお願いをした。

「好きにおしゃべりして頂戴」

「え？　好きに？」

「あなたの興味の趣くもの、あなたの好きなもの、なんでもよ」

「どうなさったんです、奥さま」

こほん、とアンナが咳払いをする。

「奥さまは今やオースナー公爵夫人として、女王陛下のお役に立つためにさまざまな身分の者からあらゆる情報を仕入れたいのです。市井で流行しているものとか、国民の率直な意見とか。女王の治世となったからには、これからイルバスは女性が活躍する国になることでしょう。そのためにはガブリエラ、あなたのような者の意見も非常に重要になってくるのです」

といった名目だった。まさか色恋話をするために呼んだとは言えない。

「なるほど」

ほうほうと聞いていたガブリエラは、わかったような顔をした。

「そういうことでしたらお任せください。私、結構友達は多いんですのよ。それに女といえど、気持ちは冒険家です。主人につきあってキルジア、イルバスと二国を渡り歩いたんですから。情報源は多いですよ。フロスバ家のメイド仲間とも厚い友情で結ばれていますし――」

「フロスバ家、は禁句です」

「なぜ？」

「なんでもです」

「グレンさまよりもエタンさまのほうが、王宮で人気があるからですか？」

アデールは噴き出しそうになった。

アンナは目をつり上げている。

「これ、なんという口をきくのです！」

「あ、すみません、奥さま。そういう意味じゃなくって。だってもうグレンさまは奥さまと結婚して旦那さまになってしまわれたんだもの。人気がその――ちょっぴり落ちたって、仕方のないことですし」

ガブリエラは目を泳がせている。

若い娘たちは、やはりふたりの王杖の噂で盛り上がっているらしい。

「あの……グレンのどういうところが人気なのか、教えてくださらない。そういった話を聞きたかったのよ」

「はあ」

ガブリエラはひと呼吸おいてから続けた。

「グレンさまは、硬派な騎士として国中の女の子のあこがれですよ。なんといっても最後までイルバスに残ったベルトラム派の青年貴族なんですもの。浮いた噂のひとつもないし、すらりと背が高くて、あのするどいまなざし。黒髪もしぶくてカッコいいですわ」

「……それは知ってるわ」

アデールが知りたいのはグレンのプロフィールではなく、グレンのどういったところが人気なのかだったのだが、ガブリエラは「あら、奥さまの方がきっと旦那さまの魅力は十二分にご存じでしたよね」と肩をすくめた。

「あと、グレン以外の男の人で、あなたが魅力的だと思う人について教えて」

ガブリエラは目を輝かせた。

「私、奥さまのために持ってきたのですわ！」

彼女が手持ちの小さなトランクを開けると、中にはあらゆる芝居の呼び込みチラシやら役者の姿絵などが詰まっていた。

「まだお若いとはいえ、やっぱりご結婚された貴婦人はこういったものを買いづらいでしょう？　だからこういう差し入れがもっとも喜ばれるかと思いまして。旦那さまは旦那さま、麗しい男性は麗しい男性。それはそれ、これはこれだと思うんです」

　語気荒いガブリエラに、アデールは気圧されている。

「そ、そう。あまりお芝居なんて見ないものだから……よくわからないというか……」

「おまかせください。解説はばっちりできますよ。ほら、この方が人気なのです。この芝居小屋の看板俳優で、演技もすごく上手。いつかはかの有名なエイダ・イルバス女王陛下の王配、フレジール公の役を演じましたの。劇団でも一番の男前でないと、この役は得られません。イルバス随一の色男です。こちらの男性はちょっとグレンさまに似てますわ。目の色とか、はっきりしたお顔立ちとか。グレンさまの見た目がお好きなら、奥さま好みかも？　こちらの方も劇場の看板を背負った売り出し中の役者で――」

　ガブリエラが紹介するのは見目のいい男たちばかりだ。つまり、グレンは見てくれが良いから人気がある、ということなのだろうか。

　よくよく考えれば、「浮いた噂のひとつもない」彼が、女性たちに見た目以上の愛嬌をふりまきそうにもない。

（全然参考にならないわ……）

　アデールはたずねてみた。

「あなたはどういったきっかけで、こういう人を好きになるの？　ガブリエラ」

「きっかけなんて覚えてません。恋って落ちるものなんです。理屈じゃないのです、奥さま。すてき！　と思ったら、びびっと、もう始まるんです」

「はあ」

今度はアデールが気の抜けた返事をする番だった。それならば、とっくにグレンにびびっときていなくてはいけないことになる。アンナはまたもや頭を抱えるはめになった。

＊

とうとうカスティアへ出発する日となった。

近衛隊と共に、グレンとアデールは女王陛下のもとへ挨拶に参じた。

この出立の日に合わせて多くの貴族が招集された。公爵夫妻を見送るための会には、国中の有力者が集まった。

ジルダは銀色の王冠をかがやかせ、玉座に座っている。

「オースナー公。アデールと共にカスティアとの交渉をよろしく頼む」

「御意に」

膝を折っていたふたりが立ち上がると、威嚇するような靴音がした。

苛烈な第二王女の登場だった。

ミリアムの濃い緑色のドレスには、薄いベージュのフリルがたっぷりとあしらわれている。細やかな金刺繍を身ごろに施し、靴とイヤリングには揃いの大粒のガーネット。

装飾の少ないサテンのドレスを着たジルダと対比すると、その派手さは王宮でも際立つ。

「お姉さま」

「入室の許可は出していないぞ、ミリアム」

ミリアムは夫のレナートを連れて、かなりご立腹の様子だった。

レナートに爵位を、とミリアムはさんざんジルダに願っていたが、ことは一向に進まなかった。ミリアムは今日という日をわざと狙ってやってきたのだ。第二王女が相手では、門番も止められはしない。

「今日という今日は返事をいただきます。夫のレナートに爵位を」

「認めていない」

「私には息子がいるのよ。それでも認めないというの。母親が王女で父親が平民の継承権を持つ王子なんておかしいでしょ」

「その者の継承権も、私は認めない。そもそもお前たち夫婦の結婚も認めていなかった」

場の空気が凍りつく。

アデールは下がった方がいいものかどうか迷った。グレンを窺うが、彼も決めあぐねているようである。

「私たちもカスティアへ行くわ」

「ならない。これはオースナー公爵夫妻に任せた件だ」

「女王殿下。カスティアは私の母国。必ずお役に立ってみせましょう」

レナートが礼をするが、ジルダはますます声を荒らげた。

「平民ごときが、王家と同等の働きを見せられると思うな」

「その言葉、お姉さまを祭りあげている平民諸君に聞かせてやりたいわね」

「ミリアム王女。言葉が過ぎるぞ」

「黙ってグレン。誰に向かって口をきいているの。あなたは目障（めざわ）りよ」

ミリアムはゆっくりとジルダに向かって歩き始めた。

「お姉さま、国庫はあといくら残っているの。戴冠式（たいかんしき）、アデールの結婚式、そのほかにも行事や先行投資で結構使ったんじゃない。サリム・バルドーは、十年程度この城で遊んでたいした財も残さずさっさと死んだものね」

「……」

「私たちなら、経済を百年前に戻せるわよ。お父さまが王位を継ぐ前は、イルバスもなかなかに栄えていた。国内の鉱山も死んでいなかったし、戦争は負け知らず。作物が育つ土地も今よりはあった。あのときのイルバスを、もう一度取り戻したいと思わない？」

ミリアムは髪をかきあげる。

「国民は貴重な財産よ。そして優秀な担保になりえる。カスティアへ出稼（でかせ）ぎに行ったらイルバスにいるよりずっと稼げると分かれば、自ら派遣労働を志願するものが後をたたないはずよ。今仕組みを作るべきよ」

「言いたいことはそれだけか？」

女王が目配せすると、控えていたエタンがミリアムをしめあげた。

「ちょっと、離しなさいよ！　王女に対して手を上げるというの！」

「申し訳ございません。僕は女王陛下の犬なのです。主人の命令は絶対だ」

「もたもたするな、オースナー公」

ジルダににらまれ、グレンもレナートの腕をつかむ。彼は一切抵抗しなかった。

「アデール」

ジルダに呼ばれ、アデールはあわてて身をかがめた。

彼女は冷たく言い放った。

「お前は、ドードーにはなるな」

「はい……」

アデールは声を震わせた。ミリアムの行いは、この場にいる有力者を動揺させるには十分だった。国を離れている間にここでなにが起こるか、想像もつかなかった。

*

アデールさま

カスティアはよく晴れていますか？

グレンさまとけんかせず、穏やかにお過ごしであることを祈ります。

こちらでは不穏な話をよく耳にします。

ジルダさまとミリアムさまのことです。

実は女王陛下派とミリアム王女派に、少しずつ貴族たちが割れているようなのです。

若い世代が当主を継いだ家の者たちは、ミリアムさまの国民を他国へ派遣する計画に興味をしめしはじめています。

アデールさまがどちらにつくか——というのも、宮廷中の関心のひとつです。

今は難しい時期ですので、そちらでゆっくりなさってから帰ってくるのもひとつの手段かと存じます。

それではお体にはお気をつけて。

アンナ

アデールは手紙を折りたたみ、暖炉に放り込んだ。

カスティアの王城で手厚くもてなされたアデールとグレンだったが、この姉妹争いのさなかに他国へ発ったことは幸いであると思っていた。

「俺たちがどちらにつくのか、王宮では注目されるだろうな」

客間をあてがわれたふたりは、難しい顔をしていた。

「あの……どうするつもりなの」

「もちろん、女王陛下につく。ミリアム殿下のお考えは突飛すぎる。どう考えても許容のしようがない」

「そうよね……」

だがこのまま手をこまねいていては、イルバスはじり貧となる。また国が荒れかねない。

考えるべきは、次の一手についてだった。

「どういう風に交渉するつもり？　鉱山ではあちらもできるだけ多くの鉄を手に入れたいと思っているはず。鉄は武器に作り替えられる以上、簡単に交渉はすすまないかも……」

「山の西側をカスティア、東側をイルバスのものにしたい」

互いの土地から入りやすい場所を起点に、平等に山を割る。だが専門家の話によると、東側により多くの鉱脈がある。あちらもその事実に気がついているだろう。

「それであちらは納得するものなの？」

「現状、この山の採掘権はどちらのものでもない。それにカスティアが採掘をなかなかすすめることができなかったのには、理由がある。採掘するためには鉱道や設備を整えなくてはならないが、危険な箇所がいくつもあり、技術者不足だった。カスティアは鉄でもうけなくても、他の貿易やら産業やらがうちよりもさかんだから、あせらずに構えていたのだろう」

だが、鉄は武器を作れる。カスティアが懸念しているのはそこなのだ。

隣国に、武器の材料を渡すわけにはいかないと思っている。

それはイルバスとて同じだ。互いにゆずらず、そう簡単に取り分は決まらないだろう。

「イルバスは、五十年前までは鉱業がさかんだった。当時の技術者はもう他界している者も多いが、知識を受け継いでわずかな炭鉱を掘っている町もある。また、厳しい土地を拓き人が住める土地にする力は我々の方が優れている。カスティア側の鉱山夫が住める町と設備開発に協力することを条件に、こちらの希望通りの採掘権をもぎとりたい」

「無事に採掘権をとれたら、イルバスの状況も少しは変わるのかしら」

「どうだろう。多少は潤うだろうが、義姉君たちの争いに決着はつかないだろう。鉄は必要だが、派遣計画を魅力的だと思う輩も少なくない」

アデールは憂(うれ)い顔になった。

「心配するな。あなたはただ忠実に、俺の言葉を訳していさえすればいい。国に戻ったら、しばらく王宮へ行くな。夜会もサロンも断って、屋敷でおとなしくしていろ。そうすれば安全だ。人の噂はいずれ消える」

グレンはアデールの額を撫(な)で、ぎこちなく笑ってみせた。

「……ええ」

アデールが素直にうなずくと、彼は満足そうな顔をして、寝台の明かりを消した。

彼の隣でアデールは横になった。目は冴え冴えとして、眠りの波はなかなかやってこなかった。彼女がまんじりともせず横になっているのに気がついたのか、グレンが腰に手を回してきた。それ以上は、触れてこなかった。彼の心臓の音をききながら、アデールは静かに目を閉じた。

*

アデールとグレンはカスティア国王夫妻に結婚の報告をすませ、会議をかねた晩餐会(ばんさんかい)へと赴(おもむ)いた。アデールは落ち着いたグレーのドレスに髪をきっちりと結い上げ、青い薔薇(ばら)の造花を髪飾りがわりに挿していた。

「カルマ山ですか。懐かしいですね。若い頃あの山に入って、雪割草を持ち帰る勝負を兄弟としたことがありましてね。弟が遭難しかけて大騒ぎになった」

カスティアの国王夫妻はそういってほほえみあった。アデールがすぐさま訳すと、グレンは笑みをたたえて、イルバス側からカルマ山に入っても、奥まで進まなければ雪割草は見つからないと告げた。

「険しい山です。得るものもあれば失うものも多いでしょう」

カスティア国王はそう濁した。

すかさずグレンが続ける。

「我が国がお手伝いを」

「取り分は？」

「ちょうど半分です。カルマ山の東側をイルバスに……」

カスティアの宰相と国王はめくばせしあっている。

「すぐに答えは出せませんな」

「もちろんです」

アデールはよどみなく、夫の言葉を訳した。

「ただ、考えていただきたいのです。我が国はかつて鉱業がさかんでした。カルマ山の難所であっても、必ずや開発のお役に立つことができるでしょう。互いに利のある方法で、国民の生活を豊かに……」

　カスティアの重鎮たちは、含みを持たせて言う。

「イルバスの女王陛下は即位したばかりです。もう鉄鉱山に手を出さなくてはいけないような事情がおありですか?」

「……鉱山の採掘は時間がかかります。この件にかぎらず、先代までに放置されていたあらゆる問題について、早めに手を打っておきたいという考えです」

「採掘権の話とは別のお話も浮上しているそうではないですか。第二王女の夫は我が国の人間であるとか。今日はそちらの方のご紹介もあるかと思っていたのですが」

　まずい、と思った。

　アデールは用心深く、晩餐会の面々の表情をたしかめた。採掘権のことはあきらかに乗り気ではない。それにイルバスが一枚岩でないことに、気がついている。

　自分たち夫妻にとって、この場は不利になる。いつの間にか、別の話題をどんどんふられて、質問に答えることに手一杯となっている。

（ミリアムお姉さまが、きっと事前になんらかの方法でカスティア王の周辺の人物に近づいたのだわ）

　夫のレナートはこの国でだいぶ顔がきくらしい。きっとあらゆるツテを持っている。

　その後の話は平行線であった。良い結果をすぐに持ち帰れるとは思っていなかったが、このままのらりくらりとかわされて、鉄鉱山の件はうやむやになるかもしれない。

（流れを変えられない）

グレンの焦りがわかる。訳しながら、アデールは懸命に夫を助けようとするが、老練な国王に対し若い二人が相手では歯が立たない。

アデールの心配は現実のものとなった。

この晩餐会以降、狩りの供をしたときも、外交の一環として漁港や街をたずねたときも、鉄鉱山の話はたくみにごまかされた。

結局、アデールとグレンの必死の努力もむなしく、滞在期間を終えるまでにたいした成果を得ることはできなかったのである。

＊

ミリアムはしたり顔だった。

「ほおら、言ったじゃないの。グレンとアデールだけじゃ力不足よ。レナートがいないと」

イルバス王城の小さな会議の間では、極秘会議が行われていた。

女王ジルダとエタン、アデールとミリアム、その夫たちである。

「申し訳ございません、お姉さま」

「グレンはなにをしていた。お前の手腕にこそかかっていたのだぞ」

「返すお言葉もございません」

グレンは深く頭を下げた。

「ただ……バルバ殿。あなたの発案された国民の派遣計画が、すでにあちらに漏(も)れているようでしたが」

グレンが恨みがましく言う。

普段邪険にされているミリアムとレナートが呼ばれたのはほかでもない。明らかに、カスティア側に彼らの手が回っていることがはっきりしたからである。

「どういうことだ。国民派遣計画に関しては、私は良いとは一度も言っていないはずだが」

ジルダは目つきを鋭くしたが、レナートはしれっとしたものだ。

「ええ。だって確証もないものをご提案できないでしょう。一応派遣先の国にお伺(うかが)いはたてておかないと。父は政界にも顔がきくのです」

「カスティア側は鉄鉱山の件よりも派遣計画の方を気にしているようで、やたらとしつこくその話を進めようとしてきたぞ。おかげで交渉に集中できず」

「それでもやるのがオースナー公爵のお仕事でしょう。自分の至らなさを僕のせいにされても困る」

アデールはおろおろしていた。エタンはまあまあ、と場をとりなした。

「鉄鉱山の件はだめでもともとでした。あちらも、情勢の安定しないイルバスにわざわざ鉄など渡したくはないでしょう。他の金策を考えましょう。今回はアデールさまの良い練習になったと思って」

ジルダは叫んだ。

「ままごとではないのだぞ。外交に練習もなにもない」

「アデールさまは橋渡し役としてきちんとお仕事をされています。採掘権はうまくいきませんでしたが、農作物の種や植物の専門家をこちらに寄越してくださる件は交渉も成立していますし。キルジアで植物学を学ばれた経験が役に立ちましたね。気の長い話ですが、イルバスでも栽培可能な野菜や果物を見つけるには役に立つでしょう」

カスティアで農業の視察に行ったさい、アデールが自ら農具を手に取って働いてみたいと申し出た。その言葉をカスティア国王はおおいに気に入ったらしかった。土の様子を懸命に観察していると、種や土を持ち帰っても良いと許可をもらえたのだ。

キルジアでは広い庭の一角を借りて自分の畑を作り、専門家と一緒に植物の育ち方を研究していたので、畑仕事は苦痛ではなかった。人間相手のダンスよりよほど良い。

土いじりをする王女は国民からの心証も良いだろうと、ジルダやエタンはこの行いを止めなかった。

「畑の件に関しては、少しはお役に立てたようで……」

「アデール」

ジルダは口を開いた。

「退屈だろう。お前は外に出ていて構わない。もうすぐサロンのお茶会に婦人方が集まるだろうから、そちらに顔でも出しているといい」

呼ばれたから王宮へやってきたのに、もう退出とは。

しかしジルダの言うことなのだから仕方がない。アデールはすごすごと会議の間を出た。

（初めての外交、失敗してしまった……）

どこかで、カスティア国王には敵わないと思ってしまったのかもしれない。年齢も経験も違いすぎる。それがアデールを臆病にさせた。もっと果敢に取り組めば、あるいは……。

（いいえ。それは滞在中にグレンも懸命にやっていたこと……）

こういったときに、どう渡り合っていけばいいのか。その知識がアデールにはない。

たしかに、語学や王女としてのたしなみはこの二年で身につけてきた。だが、それだけではだめだった。

カスティア国王は、アデールの自信のなさを読み取ったのかもしれない。

不安定な情勢の中、たよりなく揺れる彼女のことを。

次はどうすればいいのだろう。このままでいいはずがない。

「アデールさま、こちらへ」

控えていた侍女たちがアデールを取り巻き、サロンへ案内した。サロンには早くも貴族の婦人たちが集まっており、みな紅茶やお菓子を楽しんでいる様子だった。

「まあ、アデール殿下」

年若い少女や貫禄のあるマダムまで、わらわらとアデールのもとへ集まってくる。

「みなさま、ごきげんよう。もう私はオースナー公爵の妻ですので、そのように……」

「私たちの中ではいつまでも可愛らしいアデール殿下なのですもの。サロンではそのように呼ぶことをお許しいただきたいわ」

発言力の強いベルニ伯爵夫人が、ねえ、と仲間うちに同意を求めると、他の女性たちももっともらしくうなずいた。

アデールはすすめられるまま、小ぶりのケーキを手にとった。

昔の宮廷のお菓子はもっと豪華だった。色とりどりの砂糖菓子を使った目にも鮮やかなケーキ、糖蜜がふんだんにかかったパンにさまざまなトッピングをほどこしたもの、バターをたっぷり使った焼き菓子などが、テーブルにあふれんばかりに盛られていた。

質素倹約をかかげるジルダ女王のサロンでは、お菓子はシンプルな焼き菓子やジャム菓子が中心だった。とても王宮のサロンで出される菓子とは思えないような内容なのだが、料理人たちが苦心してかたちや飾り付けにこだわり、見た目には美しいものが並んでいる。

「ところで、アデールさま。お姉さまがたのことはお聞きになりまして?」

「……なんのことでしょう?」

「ほら、あれですわ。女王陛下がバルバ氏にその……爵位をお認めにならないという」

ひそひそと声を落として、ベルニ伯爵夫人は用心深く訊ねる。

「あれについて、アデールさまはどういったお考えですの?」

「私は……そういったことは、姉や夫に任せていますので」

アデール得意のいいわけだった。

この件について自分がどう意見しても、尾ひれがついて根も葉もない噂が広まり、無闇に宮廷を混乱させせる。

「あら、ではオースナー公爵のお考えは?」

ジルダ女王につく、というものだったが、どう答えたものだろう。アデールがここではっきり表明してしまえば、すみやかに彼女たちの夫や親に伝達される。

「まだ聞いておりません。詳しいことは……バルバ氏の件で私が知ること以外になにかあったのですか?」

とぼけて聞いてみると、彼女たちは濁したように笑う。

「いいえ。アデールさまがご存じないということは、きっと口さがない者たちの噂程度のことでしょう」

若い娘たちは、はっきりしないアデールの態度に不満そうな顔だ。

（おそらく、婚約者や好きな方がどちらかの派閥に属しているのかもしれないわね。王宮で覇権を握るのがジルダお姉さまなのか、ミリアムお姉さまなのかを気にしている……）

それによって彼女たちの将来も様変わりしてしまうのだ。女の一生もままならないものである。

宮廷の婦人たちも、姉たちの争いを気にするようになってきてしまった。派閥争いが表面化していることのあらわれだ。ミリアムにつく側のものが、グレンやアデールの予想よりも多かったのかもしれない。

アデールはその後もたくみに会話の核心を避けながら、ジルダの代わりにお客さまをもてなしてゆく。

（カスティアにいた時はこちらがごまかされる側だったのに、変な感じ……）

でも、ごまかさなくてはいけないということは、わかっている。

そこには触れてはいけない大きな問題がある。放っておけば、のちのちこの国に災厄をもたらすであろう。

＊

「アデールさま。よろしいですか」

あずまやでうとうとしていたアデールははっと顔を上げた。油断していた。女性たちの探り合いに疲れ果て、少しばかり茶会を抜けてきたのである。

あずまやの柱の向こうで、うかがうように声をかけてきたのはエタンである。

「ええ、かまわないわ。どうぞこちらへ」

エタンは恭しく礼をしてから、あずまやへ入ってきた。

曇り空の下で、彼の緑色の瞳はつややかにぬれて見えた。

「お疲れのようですね」

「あの……お姉さまたちのことで、ちょっと」

「サロンで質問攻めにでもされました？」

アデールはため息をついた。

「ミリアムお姉さまのお考えがわからないわ。なにもあんなにけんか腰にならなくたって」

「お互い意識しあっているのです。姉妹とはそういうものなのでしょう」

「……あなたにも、お兄さまがいるって聞いているわ」

アデールは聞いてみたかったことをたずねてみた。エタンは曖昧にほほえむだけだ。

「今日は干しレモンで口封じしないのね」

「聞きたいことはなんでもお答えしますよ」

「お兄さまは今どうしていらっしゃるの？」

「さあ。悪い連中とつるんで、どこかの……アデールさまにはお聞かせできないような場所に出入りしているようです。恋人が何人もいるようですから、どこぞの女に世話になっていることでしょう」

アデールは表情を曇らせた。

「父は兄を勘当しました。もう彼の人生について、フロスバ家は知ったことではありません」

「あなたは、それでいいの」

「構いません。どうでも良いですから。金の無心にきたときには、母がこっそり金銭を渡しているようですので、どこかで生きていますよ」

淡泊な物言いだった。

「お兄さまと仲が悪かったの？」

「ええ。僕と兄は母親違いの兄弟で、年齢も近かったので、家庭内でうまくいくことはありませんでした。僕の母親はいわゆる妾で、すでに病死しています」

アデールは言葉を失った。

「おや、このくらいで驚かれるのですね。アデールさまのほうがよっぽど、数奇な人生をお送りですよ」

「いえ、違うの……その……いろいろ、あなたについて納得したというだけ」

れっきとした青年貴族でありながら、この得体の知れなさはなんなのか。出会ったときからずっと疑問ではあったのだ。

「僕について納得ね。悪い噂でも聞きましたか？」

「どうして？」

「僕と女王陛下が、ただれた関係である、とか」

アデールは顔を赤くした。

「た、ただれてなんていないんでしょう。あの……愛し合っているのではなくて。ただ、お姉さまはこれからいろいろまつりごとでお忙しいから、すぐに結婚できないだけで……」

エタンはすっぱりと言った。

「僕と女王陛下は結婚しません。この国のためにならない」

「え……」

「あなたも、グレン殿との結婚は国のためだったはずだ。同じです。わざわざ一生に一度のカードを切ってまで、僕は征服する価値のある相手ではないのです」

言われてみればそうかもしれないが……。

エタンの言葉に熱を感じなかった。昔から姉と恋人関係であるはずなのに、まるで彼の方はなにも思っていないみたい……。

（少し……私と似ているのかしら、この人）

出来の悪い自分とそつのないエタンでは、もちろん比べようもないはずなのに、アデールはなぜだかそう思った。

人の愛し方が、わからない。どこかで知っていたのかもしれないが、思い出せない。

そう、なにごとにも冷ややかに接する彼だからこそ、姉と愛し合っていると知って、衝撃を受けたのだ。

「女王陛下はまだ若い。ご両親や男きょうだいを亡くし、さみしい気持ちもあるでしょう。僕は恐れながらその方たちのかわりに、そばにいるだけですよ」

エタンはなんでもないような口ぶりであった。

「あなたは結婚しないの？」

「さあ。国とでも結婚しますよ」

「でも、フロスバ家が絶えてしまうでしょう」

兄のエヴラールを勘当したというのなら、次の当主はエタンであるはず……。

「あなたに言われたくないな、アデールさま。グレン殿はそうとう急いておいでのようだが」

　痛いところを衝かれ、アデールは口ごもった。

　カスティアから帰ってきても、アデールの体は清いままだった。何度も失敗しているせいか、グレンから触れてくることも少なくなっていた。互いに機を逃したままだ。

　外交の失敗とは関係ないと思いたいが、夫婦の足並みが揃わないと、ちょっとしたことで衝突してしまう。それが公務に響かなければいいが……。

「あの……彼からなにか聞いた？」

「なにも」

　エタンはにこにこしている。これは絶対になにか聞いたに違いないと思ったが、アデールもこれ以上触れてほしくはなかったので、たしかめるのはやめにした。

「そのグレン殿と一緒に、この国をしばらく出てください」

「え？」

「ジルダ派とミリアム派、貴族たちが割れ始めている。なかにはミリアム殿下の計画を美化し、領民たちに伝える者も現れている。カスティア側には内乱が起こりそうだとすでに勘づかれています。あなたたち夫婦の行動は、イルバスにいるかぎりどこにいても注目されます」

「逃げろっていうの」

「そうしたほうがよろしいでしょう」

　アデールはエタンの顔を見つめた。それはキルジアで姉の恋人だったエタンではなく、廃墟の塔から彼女を連れて逃げたときの彼だった。

　いつもの、人をくったような彼はどこにもいなかった。

「国を出るって、どこへ」

「ニカヤです。我が国と違い、年中春の陽気に包まれた美しい国ですよ。ニカヤの言語はカスティア語に似ています。あなたならすぐに習得できる。しばらくグレン殿と共に屋敷の中で大人しくして、半年後にはニカヤへ向かってください」

「なんのために」

「あちらはカスティアと歴史的に因縁がある国ですから、有事のときは同盟関係を結べるよう、取り計らってもらいたいのです。我々の統率がとれていないのを狙って、他国に攻め入られるかも知れない。そのときに協力者が必要です」

「同盟なんて。つい先日は、私たちの採掘権すら得られなかったのに」

　無謀すぎる。アデールは自信喪失ぎみなのだ。

「でも他に誰も出せない。今女王は国を空けるわけにいかず、僕は彼女を守らなくてはいけないし、ミリアム殿下に行かせたら、王冠を奪われるかもしれない」

　王冠を奪われる――。アデールの表情はかたくなった。

また、争いが起きる。しかも今度は一族同士での争いだ。ひとたびそうなれば、アデールにとってはむごい結果になる。

「あなたはどちらの王冠の下でも、女王の妹だ。どちらにもつかず、無害で、無関心のままでいてください。同盟締結は、どう転がってもイルバスにとって国益になる話です」

「また、ミリアムお姉さまの手がまわって失敗したり」

「それはないでしょう。ニカヤの民は、カスティア人の夫を持つミリアム殿下より、廃墟の塔に閉じ込められていたあなたを信用します。あちらの国では、あなたは悲劇の王女として有名ですよ」

「有名？」

「僕が有名にしました」

情報操作か。エタンの中では、アデールのニカヤ行きは初めから計画のひとつにあったのだろう。

「同盟関係が結べなくても構いません。ようはこの国から出られればいい。理由なんて、どうだっていいのです。結果的にあなたが無事ならば」

「これはあなたの親切なの？　エタン。それとも策略？」

アデールの問いに、エタンは少しだけ考えているようだった。

アデールは、本当のエタンが知りたかった。建前（たてまえ）ではなく、彼のむきだしになった本心を。

　エタンの表情はさえざえと冷め切っていた。その顔が、なによりもこれから話すことが彼にとっての真実であることを、雄弁に語っていた。

「この時代、平民も貴族も王族も、誰がいつ死んだっておかしくはないのです。力ある者が白と言えば、漆黒も白になる。今日の幸せが、明日には目も当てられない不幸になる。でも僕は、あなたには不思議と生きていてもらいたいと思う。幸福も不幸も受け入れた上で、歩き続けるベルトラムの力が、あなたにはある。肩入れしてしまうのは、僕がこの手で鳥かごからあなたを出したせいかもしれませんね」

　エタンは立ち上がった。

「さあ、お勉強の時間です。急いでニカヤ語を習得して。雪が溶けたら出発します。あなたの旅立ちは、いつだって春なのです」

　取り残されたアデールは、しばしぼんやりとしてから、茶会へと戻った。

　幸福も不幸も受け入れた上で、歩き続けるベルトラムの力が、私にはある――。

　それは、本当だろうか。今もこうして、不安で心がかき乱されているのに。

　これからのことを考えると、気が重くて仕方がなかった。

*

髪をブラシでくしけずって、シルクの寝間着に袖を通す。

夫婦の寝室では、すでにグレンが読書をしていた。アデールもニカヤ語の教科書があるが、まだ夫の前で取り出せていない。

カスティアでの外交の失敗は、グレンのプライドを傷つけたはずである。

次の外交の話を持ち出すには、時期尚早のような気もしたが、春となればすぐだ。

だが、夕食のときにも言いそびれて、結局は夜更けになってしまった。

（寝室が彼と一緒なのも慣れたけれど、なんとなくまだ緊張も抜けないし、夫婦の寝室を別にしたい……）

と、言い出せばどんな結果になるのかは、さすがにアデールにもわかっている。

アデールはベッドの中にもぐりこみ、おずおずとたずねた。

「あの……ニカヤってどんな国か、知っている？」

「ああ。温暖な気候で作物がふんだんにとれる小さな国だ。昔はカスティアに征服されていたこともあったが独立し、ここ五十年は平和な治世が続いている」

本から目を離さずに端的に説明すると、ニカヤがどうかしたのか、とグレンは続けた。

「……行った方がいいのではないかと」

「どうして？」

「エタンが……そう言ったの」

嘘がつけず、アデールは正直に告げた。

グレンは本を閉じた。アデールはびくりと肩をふるわせる。

「エタン・フロスバとどこで会話した？」

「王宮の、あずまやで」

「俺が目を離したすきか」

「でも、そんなのじゃないわ。ただお姉さまたちが……」

「そんなのとは、どういうことだ？」

アデールは問い詰められて、口を閉ざすほかなかった。

エタンが絡むと、グレンは怖くなる。いつかアンナの言っていたことを思い出した。グレンはエタンを意識していると――。

「お姉さまたちが争ってるから、私とグレンは逃げた方がいいって。エタンは私だけじゃなくて、きっとあなたのことも心配しているのよ」

だいぶ良心的に話を作ったが、グレンはもちろんだまされなかった。

「そんなわけがないだろう。俺がいないほうがせいせいするはずだ、あちらにとってはな」

「そこまで嫌ってないわ。イルバスに残って戦ったのはあなただし、あなたがいなくてはエタンだって困る。感謝しているはずよ。それに私にグレンと仲良くするようにって、言ってくるし……」

「それはあなたに圧力を与えて追い詰めるためだ。いやなことを強制されると、余計に人はその対象を嫌うようになる」

「そんなことしても、彼に何の得もない。それに私は、あなたのことが嫌いというわけでは――」

「うちに新しく出入りすることになった使用人は、もともとフロスバ家付の者だったそうだな」

アデールは口ごもった。ガブリエラのことだ。

口止めしていたけれど、やはりどこからかグレンの耳に入ったらしい。

「そんなにエタンのことが知りたかったのか。わざわざ使用人を借りてまで」

「違うわ。キルジアでもあの子に髪を結ってもらっていたから、安心できると思って――」

恋心の指南を受けるためとは言えなかったが、気心が知れていることは確かだった。

「もうあなたの家はキルジアではない。この家だ。なんでも懐かしがるのはやめろ。俺が夫だというのがわからないのか！」

彼は声を荒らげて、怒りの感情をあらわにする。

アデールは涙目になった。

そこで初めて、グレンは黙った。怒りにまかせて妻を叱ってしまったことに、ようやく気がついたようだった。

「悪かった。もう言わない。泣かれると弱い」

下町の女のように安っぽく泣く、といつかジルダに言われた。泣くと誰かを困らせる。黙って大人しくしていれば良いのに、そんな簡単なことすらできないなんて。

グレンは、アデールの涙を指先で乱暴にぬぐった。彼がもどかしく思っていることは、その表情からありありとわかった。

「あなたには、悪いと思ってるの。本当に」

「では、そろそろ覚悟は決まったのか？」

アデールは体をびくつかせた。別に命をとられるわけではない。彼は乱暴はしたりしないはずだ。大丈夫だ。目を閉じていればすべてが終わっている……かも、しれない……。

ずっと頭の中で祈っていればいいだろうか。

「無理するな。顔に出ているぞ」

グレンはアデールの胸にクッションを投げつけてきた。

そういえば、子どものときは彼にたくさん意地悪をされたけれど、泣き出すとぴたりとやめてくれたのだった。それから泣き止むまで、むっつりと隣に座っていたような気がする。

　ずっと忘れていたのに、なぜそのことを思い出したのだろう。

「ニカヤへは行かない」

「グレン……」

「なぜ俺があの男の指図で動かなくてはならない。侮ってもらっては困る。都合が悪くなると俺を外へ出そうとする、あの男の策略に乗せられるつもりはない」

「でも……あなただって、王宮にいたら苦労するのよ」

「それを承知の上で俺はイルバスを取り戻すために働いたのだ。女王陛下の正式な命がなければ、俺は出ていかない。騎士団だって今編制の最中で、有事のさいは他国を頼らず、自分たちの力で戦えるような態勢を作っているところだ。同盟よりも、自国の状態を整えることがまず大事だ」

　グレンの意志はかたいようだった。

　騎士団の件は、オースナー家に古くから協力してくれる家から話が持ち上がり、ジルダが進めるように指示した。イルバスでは元々近衛隊と呼ばれる王立騎士団があり、それは貴族の子息のみの編制であった。今後は平民からも参加をつのり、以前よりも大規模な騎士団を作る。

　カスティアから帰ったグレンは、その大仕事に注力する心づもりだったのだ。カスティアに支援するはずだった技術や人材も、この騎士団を軸に進めてゆくことになっていた。

（採掘権の話がなくなっても、グレンは騎士団を放っておきたくはない……）

つまり国を出ることは、彼の選択肢にはないのだ。

「でも……エタンがあのような忠告をしてくるなんて、よほど状況が良くないのではないの」

「あなたが心配することではない。今後その話は口にするな」

そう断ち切られると、アデールは口が出せなかった。消極的で、無害で無関心。

いつまでもそうしていていいのだろうか。……そうしていられるのだろうか。

本当の自分は……もっと違った姿をしていたように思うのだが、思い出せない。

（国を出ないと、まずい気がする）

エタンの目は真剣だった。いつものようにごまかさなかった。なにかが起きる。この国で、近いうちに――。

嫌な予感が胸を満たし、アデールの心をしめつけた。

＊

夜のとばりが降りる頃、女王はひとり燭台を持ち、大広間に立っていた。

透けるような銀の髪をガウンになびかせ、青みがかった灰色のドレスに身を包み、まっすぐに天井を見上げていた。

色とりどりの宗教画が描かれた荘厳な天井は、イルバス王宮のすばらしい内装のうちのひとつである。サリム・バルドーはここにはさすがにSのサインを刻めなかったらしい。神をもおそれぬ行いだ。

宮廷の大広間、一晩の輝かしい宴(うたげ)のとき、父と母は出会った。

「ここにいらっしゃったのね、お姉さま」

ミリアムは笑みを浮かべて入ってきた。彼女の手にもひとつの燭台があった。ぼんやりと照らされた顔は、大きな瞳と丸い頰(ほお)が母親そっくりであった。

一瞬、その顔にジルダはどきりとさせられた。

「しらじらしい。人払いをしてあったのだ、お前なら気がついたはずだ」

ミリアムは姉の隣に立った。ふたつの燭台が、ふたりの女を暗闇の中に浮かび上がらせた。

「お姉さまは、アデールをどうしたいの？」

「夫のことを聞いてくるのかと思った」

「それは表だって騒いでいるから、わざわざこんなところでひっそりと聞かなくてもいいわよ。昼間あの子を会議の間からしめだしたでしょう。エタンがあの子を褒めてすぐに」

「それがどうかしたのか」

ミリアムは確信めいた口調だった。

「お姉さまはあの子を丹精込めて、ドードーに育てようとしているとしか思えない」

「お前のようなドードーにはなるなと言い聞かせた」

「でもまったく逆のことをしている」

その通りである。無謀な採掘権の話し合いに、ろくに経験もないアデールを行かせた。グレンも本来ならば武闘派のカードであり、こういった交渉が得意ではない。エタンを出した方が確実であった。そして行く前に散々圧力をかけた。ミリアムが騒ぎを大きくしたのも、アデールに負担をかけた。

アデールに、自分が愚かなドードーだと思わせるために。

「アデールを教育し、努力が無駄だったと挫折するように仕向ける。さんざん希望を抱かせておいて裏切る。あの子をわざわざ廃墟の塔から出したのは、そのためなの？　ずいぶん手間のかかった嫌がらせですこと」

「お前にはわからない」

「化粧が落ちてるわよ」

ジルダは頬に手を当てた。

「この宮殿、あなたが即位してから暗いと有名よ。できるだけ明かりを落としているものね、いつも」

「……節制のためだ。王族の贅沢は民の不興を買う」

「望まぬ結婚に自信を砕くための策略の数々。自分を肯定するために他人を落とす。お姉さまはいつもそう。子どものころも、私ができない娘だと思い込ませるために必死だった。おかげで私はドードー、お姉さまはカナリア」

「被害妄想も甚だしいな。お前はドードー、ふさわしい評価だ」

ジルダは吐き捨てるようにそう答えた。

ミリアムはかまわずに続ける。

「私の夫に爵位を与えないのも、私の子に継承権を与えようとしないのも、お姉さまが煮えきらないからでしょう」

「お前が厚かましすぎるのだ」

「母親似ですもの。お姉さまと違って、楽観的よね。でもお母さまよりは、夢見がちではないと思うわ」

ミリアムは声を低くした。

「アデールをどうするつもり」

「お前には関係ない」

「今のあの子は本来の姿じゃない。私やお姉さま、お母さまがあの子を型におしこめて、さみしい塔に置き去りにした。自分たちの欲望のために。……でもこうなった今、あの子は私たちにとって諸刃(もろは)の剣」

「……」

「あの子が死んだらどうする？」

「縁起(えんぎ)でもないことを」

「次のベルトラム王朝は、続くの？」

ジルダは答えなかった。できるだけ燭台を顔に近づけないようにし、足早に広間を去った。

母親によく似たミリアムが、じっと、彼女の心をのぞきこむようにして、その後ろ姿を見送った。

＊

その夜は、めずらしくよく晴れていた。

濃い色の月が空に浮かび上がり、星々が寒空を彩るように散っていた。

寒いけれど、ベッドには戻りたくなかった。

アデールは長いまつげをふるわせた。

ニカヤ行きの件でグレンを怒らせてから、なんとなく気まずい空気がただよっていた。そもそも、最初からいびつな関係であった。アデールが、年頃の女として大切な心を失っているせいであった。

アデールは結局、恋がなんなのかわからなかった。わからなくても、もうどうでも良いと思ってさえいた。だが体は明確にグレンを拒否した。

多くの政略結婚をした女たちは、どうやってこれを乗り越えていったのだろう。

（恋とはなんなのか。人の心とは、なんなのか……）

グレンを悲しませたくはない。自分が我慢してグレンが満足するならいいと思っている。でも彼はそれでは嫌だというのだ。

夫婦生活さえ順調であったなら、ニカヤの件だってグレンがかたくなに拒否することもなかったのではないか。

「奥さま。お体を冷やしますよ。お部屋に戻りましょう」

アンナに促され、アデールはうなずいた。

アンナはもう、アデールに対しあれこれとうるさく言わなくなっていた。夜が近づくとアデールがふさぎこむのがわかっているからだ。

それは妻としての役割を果たせない自分を、情けないと思っているからであった。

バルコニーの手すりをひとなでし、部屋の方へ足を向けると、誰かがアデールの腕を引いた。

すさまじい力で、アデールは後ろへ引き倒された。叫ぶアンナを、黒いマントに身を包んだ男が殴った。アンナは壁に頭を打ち付け、うなだれた。なにがなんだかわからぬまま、アデールは声をあげようとしたが、マントの男はすぐさまアデールの首に手をかけた。

（殺される）

男の顔は分からなかった。鼻から下を巧妙に隠し、黒い目は血走っていた。ただその力は本気のものだった。必死に暴れ、男の腕を殴ったり、足をばたつかせりしたが、びくともしなかった。

誰。誰が放った人物なの。私を消そうとするのは、誰？

意識が遠のいてゆく。

このまま、あっけなく死ぬのかもしれない。

お父さまに、生きろと言われたのに――。

なぜ、そう言ったのだろう。私だけに。どこかで理由をこじつけたはずだが、思い出せない。

アンナの叫び声を聞きつけたのだろう。廊下からばたばたと足音がした。強い力で、自分にのしかかったなにかが吹き飛ばされるのを感じた。

「アデール！」

グレンはアデールを抱き起こした。彼女が息もたえだえになり、ひゅうひゅうと力ない呼吸をするのを、グレンは蒼白な顔で見下ろしていた。

追ってきた使用人たちにアデールをまかせると、グレンは腰に刷（は）いていた剣をすらりと抜いた。

黒ずくめの男は短剣を取り出した。二、三撃グレンの剣を受けたが、分が悪くなった男は、グレンの剣をはじくと背を向けてかけだした。

追おうとしたグレンだが、男はふりかえり、次の一手をくりだした。

吹き矢であった。

矢はグレンの腕につきささった。

「旦那（だんな）さま!!」

使用人の声で、アデールは目を見開いた。

「奥さま、外へ出てはなりません」

「グレンが」

「危険です。侵入者は飛び道具を持っているようです。室内に」

グレンはしばし侵入者と剣を交じえたが、矢傷のおかげで後れをとるようになった。

後からやってきた近衛隊（このえたい）の騎士たちが、かわりに犯人を追った。

グレンはバルコニーで、青い顔をしてうずくまっている。

「毒矢だ」

「消毒の準備を」

「医師を呼べ！　矢はまだ抜くな！」

アデールはがくがくとふるえだした。グレンはいつもの猛々（たけだけ）しさを失い、大量の汗をかき、くちびるの色まで紫色に変色していた。

彼の額に触れると、燃えるように熱かった。

「熱、熱が……。アンナも、どうしよう」

「奥さま、大丈夫です。騎士たちが犯人を追いかけています。すべて私たちにお任せください」

執事のメーガスにうながされ、アデールはソファに腰をかけた。めまいがしそうだった。

「犯人は私を狙っていた」

「きっと思い違いでございます」

「いいえ、私の首をしめたもの」

「強盗に違いありません。この家の財が目的です。女王陛下からたくさんの品を賜（たまわ）ったのは有名ですから。奥さまを狙ったのではありません」

メーガスはきっぱりと言い切った。

その言葉を信じられるほど、アデールは単純ではなかった。彼女がこれ以上動揺（どうよう）しないように、メーガスは陰謀説を打ち消そうとしているのだ。

うめき声がして、アデールはベッドに顔を向けた。

「アンナが目を覚ましました」

軽い脳しんとうを起こしていたアンナは、すぐに目覚めた。アデールが彼女を抱きしめると、「奥さま、アデールさま」と繰り返し、彼女を抱きしめた。

「ご無事でよかった……」

「お前もよ、アンナ。怖い思いをしたわね。しっかり体を休めて。お医者さまが来たら、きちんと診てもらうのよ」

心配なのはグレンだった。医師が到着しても意識が戻らず、熱も下がらない。傷口を消毒し毒を吸い出し薬を投与して、医師は弱々しく言った。

「今晩が峠です」

アデールは息をのんだ。

「毒のまわりが思った以上に早い。できる限りの手を尽くしましたが……本人の回復力に懸けるしかない」

「そんな」

アデールは体の力が抜けていくのを感じた。使用人たちに支えられ、なんとか椅子にもたれかかった。

絶望的だった。一夜にしてなにもかもが、最悪な方向へひっくり返った。

エタンは言っていた。今日ある幸せが、明日には目も当てられない不幸になりうると。

まさにこのことだ。彼のいない明日がやってくるなど、考えたくもない。

「私もこの屋敷に詰めます。女王陛下に伝令を」

医師の言葉に、メーガスはうなずき使用人たちに指示を出し始めた。屋敷はさらに厳重に警護され、アデールはグレンのベッドのそばで、まんじりともせずに彼の手を握っていた。

（グレンにもしものことがあったら、私……）

アデールの目にはじわじわと涙が浮かんできた。

なぜ、彼のことを拒否し続けていたのだろう。強引なところはあるが、けしてアデールを粗末に扱ったりはしなかったのに。

このイルバスで、手を取り合って、一緒に生きていくはずだったのに。

——もっと、彼に優しくできればよかった。従順にしていれば、大丈夫だと思っていたのだ。なんでも言うことを聞くのは、結局優しさではなかった。彼とよく話し合い、彼を知る努力をすれば良かった。

（彼という人間を、私はきっと軽んじていたのだ）

結局アデールが気にしていたのは、跡継ぎ問題や妻の役割の問題など、自分の役目に関してだけだ。人とどう関わればいいのかわからなかったが、わかる方法を探そうともしていなかった。自分の役目をしっかり果たしていれば、見捨てられることなどないと思っていた。

廃墟の塔では大人しく幽閉生活を送り、キルジアではジルダとエタンの言うとおりに模範的な生徒となり、グレンと結婚してからは彼に忠実な妻でいればいいと思っていた。

だから、アデールは困り果てた。祈りを捧げることでもなく、勉学に集中することでもなく、グレンが求めてきたのはアデールの「心」だったからだ。心の与え方などわからない。だって、今までアデールは心を殺すようにと言われ続けてきたのだから。

心ならいくらでも殺してきた。でも生かす方法はわからない。

彼は必死でアデールの心を生かそうとしてくれたのに、そのことにすら気がつかなかった。

廃墟の塔から出た後も、アデールはずっと空っぽだった。満たされる状態というものを、アデールは知らなかった。もっと昔は知っていたのかも知れない。でも、辛すぎて忘れてしまった。

どんなに願っても、叫んでも、大切な家族はアデールより先に逝ってしまう。

ちっぽけな少女にはなにもかもどうすることもできなかった。だからアデールは、自分自身をも投げやりな場所に置いてきた。

（助けて、お姉さま。助けて、エタン。もうどうしていいのかわからない）

誰かの指示がなくては動けない。誰かが助けてくれなくては――。

だっていつも、「お前はもういい」と言ってくれたではないか。もうお前は考えなくてもいいと。いつだって大事なときはそうやって、のけものにしてくれたではないか。

辛いことからは、目を背けて。大事なことからは、手を引いて。

すべてから逃げ出して――。

グレンの手をきつく握りしめた。

冷たくなってゆく彼の手を、精一杯温めるようにして。

アデールにはわかってしまった。

辛いことから逃げるなんて無理。なにも考えないでいることなんて無理。自分の人生を生きるのに、「もういい」と肩をたたかれることも、無理なのだ……。

犯人は明確にアデールを狙った。

アデールがこのイルバスで生きる限り、目を閉じたままでいることは不可能なのである。

エタンは言った。アデールが望もうと望むまいと、王女である限り、アデールは駒(こま)として盤上に立ち続けなければならない。駒をやめるには、自分が意志を持たなくては。

母は、黙ってじっと耐えるようにと言った。

そして父は、天命にしたがえと言った。

このふたつの遺言を、アデールは忠実に守ってきた。人に従い、己の気持ちには蓋をして、そのうえでできるかぎりの働きをしようと。

（もしかしたら……私は間違っていたのかもしれない。お母さまの遺言は、小さな私が命をつなげるようにと想ってのこと。今の私は、違う。もう私は他人の決定を待つだけの子どもではない。それなのに、いつまでも私の気持ちは小さな子どものままだった……）

役目を果たし、生きながらえること。人の言うことを従順に聞き、大人しくしていること。

それは、けして平和につながる選択ではなかった。

現にこうしてアデールを大切に想っていてくれた人は、生死の境をさまよっている。

（私が変わらない限り、国が変わらない限り。けしてこの不幸の連鎖を止めることはできない……）

天命は、待つものではないのかもしれない。自らが切り開くもの。

アデールは王女だ。この国で、大切な人と生きてゆく。

舞台からは去らない。このまま命ある限り、立ち続ける。

緑色の目を細めて、アデールは奥歯をかみしめた。その顔は、ベルトラム国王の若かりし頃によく似ていた。

鳥かごの扉は開いたのに、アデールは外に出ず、じっと黙っていた。

今こそ羽ばたくときだ。王女として、そして、彼の妻として。

愚かな歌でも、美しい歌でも、さえずらなければ鳥ですらない。

たとえドードーとののしられてもいい。おそれずに、戦わなくては。

「……アデール」

アデールははっとした。寝台に横たわるグレンが、うっすらと目を開けた。

「グレン」

思わず大粒の涙がこぼれた。彼は目覚めた。声にならない声をあげて、アデールは彼を抱きしめた。

泣くと、誰かを困らせる。アデールは自分の涙が嫌いだった。だが、自制がきかないのだ。嗚咽(おえつ)が漏(も)れ、肩が震える。

「また、泣いていたのか……もっと顔を近づけてくれないか。よく見えないのだが」

彼の手がアデールの頬(ほお)あたりでさまよっている。アデールは息をのんだ。

グレンの美しい紫の瞳は、左側だけ濁った灰色に変色していた。

＊

女王の執務室で、エタンは淡々と報告した。

「オースナー公爵邸のバルコニーより侵入者あり。アデールさまは首をしめられたものの無事に保護され、グレン殿は矢傷を受けました。高熱にうなされ、左目の視力をほぼ失ったようです」

「誰の仕業だ」

「分かりません。王女がニカヤへ行くのを阻止したいと思った連中のしわざかもしれません」

「ニカヤへ？」

「僕が促しました」

ジルダは机にこぶしをたたきつけた。

額に青筋を走らせ、荒々しい口調になる。

「誰がそのようなことを頼んだ」

「僕の独断です。アデールさまをニカヤへ赴かせ、貴族たちの派閥争いから遠ざけたいと思いました。王杖として騎士団を束ねるオースナー公を擁する以上、あの方の一挙手一投足が、今や注目のまとです。女王陛下が政務で動けない間、ミリアム殿下の派閥に強引に引き込まれても、アデール殿下は断れない」

ジルダはくちびるをかむ。

「暗殺なら、私かミリアムかと……」

「アデールさまは国民に好かれています。彼女ほど一方的な被害者としての人生を送ってきたベルトラムの王女もいませんから、皆彼女に同情的です。ですがアデール殿下を通して他国とのパイプ作りをしていることが、国民派遣計画に向けた下準備だと思われている可能性があります」

「あの子に死なれるわけにはいかない」

「承知しております。僕もここまでの事態になるとは思っていませんでした。ニカヤへの派遣はやめさせ、夫婦揃って屋敷でしばらく療養させましょうか？」

「……国外に出した方が、安全かもしれない。イルバスにいるよりは」

ジルダは下を向き、低くうなった。

「貴族たちの中には、私に疑心の目を向ける者もいる」

「気のせいです」

「短期的な成功例が必要だ。人の心をつかむ何かが。王の資質が。私にはそれがない」

「珍しく気弱でおいでだ。城下では、あなたが白銀の女王だと言われているのに」

「お前がそういった記事を書かせているからだ」

「僕が知りうるジルダの女王陛下の魅力を、紹介しているだけだ」

エタンはジルダの耳元で、なぐさめるようにささやいた。

彼が腰に手をまわすと、ジルダは舌打ちをした。

「やめてくれ。偽物はもう十分だ」

「なんのことです」

「お前は私を愛してなどいない」

「そんなことは、気にならないはずでは？」

エタンは冷たく言った。

「恋多き女の血が流れているのがおぞましい。妹のようにくだらない男にのぼせあがりたくはない。だからあらかじめ、男というものに慣れておきたい。いずれは男女の駆け引きを政治の道具にできるように。それがあなたの命令であったはず。僕が与えてきたものは最初から、一時のなぐさめです。女王に本物の愛などいらないと言ったのはあなたですよ。国を治める女に、愛を捧げる男など不要です」

「……」

「姉妹揃って恋愛下手とは」

エタンの言葉に、ジルダは声をあげた。

「うるさい。気安く私に触るな」

「御意に」

エタンは時計を見やった。

「女王陛下。お時間です。化粧室へ移動を」

午後になった。ジルダは立ち上がった。

「僕がいる限り、あなたはずっと白銀の女王だ」

「アデールの件はまかせる。こうなった以上、アデールがどう動いても危険なことに変わりはない」

「かしこまりました」

自分のせいで夫が失明した。今頃愚かな妹は泣き暮らしているだろう。

ひとりではなにもできない、甘ったれた女……愚かなるドードー。

そういう風に、私が育てた。

冷淡な表情で、ジルダは肩で風を切るようにして歩き出した。

＊

ここ数日で一番の冷え込みとなった。

窓のそばに行かなくとも、叫び声のようなうなりをあげる風で、外が吹雪（ふぶき）であることがわかる。

グレンの体調は日に日によくなっていたが、太陽の明かりが目に障（さわ）るらしく、一日中、ずっとカーテンを閉めていた。暗い部屋にわずかな明かりを灯し、アデールはグレンのそばを離れなかった。

　そしてそのかたわらで、ニカヤ語の教科書をめくっていた。

「……ニカヤへ行くか、あなただけでも」

　グレンはそう言って、けだるくためいきをついた。

「メーガスの言うとおりただの強盗ならいいが、あの剣さばきは素人とは思えない。毒矢も用意がよすぎる。なにが目的かはわからないが、外国の王宮の中までは追ってこれまい」

「目的はきっと私です」

「あなたは三人の王女の中では一番大人しくて無害じゃないか」

「でも、王女なのです。殺す理由なんていっぱいある。ジルダお姉さまをよく思わない者、ミリアムお姉さまをよく思わない者、どっちつかずな私だからこそどちらからも狙われるのです。それだけ国が荒れているということです」

　アデールがよどみなくしゃべるので、グレンは彼女の方へ体を向けた。

「なにも思い悩む必要はない。怖い思いをしたのだから、大人しくしていれば……」

「怖い思いをしたのは、命を失いかけたからではない。肝心なときに自分がなにもできなかったからです」

　人の傀儡となり生きてきたから、操り糸がなくては立ち上がることもできなかった。

　目の前で大切な人が危機に陥っても、誰かの助けを待つほかない。

だが、アデールはもう廃墟の塔にとじこめられていた子どもではない。きっとなにか、できるはずだ。

身近な人のために、国のために。自分の可能性に蓋(ふた)をするのはもうやめにしたい。人に言われるがままではなく、自分の人生を生きる。

もう誰も死なせたりはしない。

「……私を、あなたの本当の妻にして」

グレンは目を見開いた。

「そして、私をニカヤへ連れていって。常春(とこはる)の国ニカヤへ。今のままの私では、かの国で同盟関係を結ぶことはできないかもしれない。でも学ぶことはあるはず。私は、自分の意志で学びたい」

「アデール」

「イルバスは私の国、そしてあなたが命をかけて守った国。失いかけて、初めてそれがわかった。私は私のやり方で、この国を守りたい。そしてあなたを守りたいと思ったの」

アデールは本を閉じてベッドに上り、じっとグレンの顔をのぞきこんだ。

グレンは迷っていたようだが、アデールの腰を抱き、不自由な目でさまよいながらも、くちびるを重ねてきた。

体は震えなかった。アデールはそのまま、目を閉じる。

グレンはアデールを横たえさせて、もう一度、たしかめるように口づけをした。

何度繰り返されても同じだ。彼と共に生きる、本当の覚悟はアデールの中でもう決まっていた。

私は廃墟を出た。彼と共に、春の国へゆく。

吹雪（ふぶき）のうなりはさらに激しくなり、アデールは意識の向こうで、冷たい廃墟の塔のことを思い出していた。

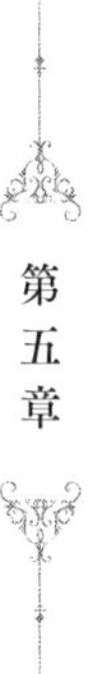

第五章

王国を継ぐ者は、誰になるのか。

雪国イルバスを治める国王には、三人の息子と三人の娘がいた。

国王の心配ごとは、国の経済が破綻していたことや戦争に負けたことだけではなく、愛すべき子どもたちにも及んでいた。

息子たちはどれも王妃に似て夢見がちで我慢強さがなく、出来が悪かった。褒められる点といえば、体が丈夫なことだけだった。頑健さはイルバス人特有の長所で、他国の子どもたちが十歳を迎える前に夭折するのも珍しくないなか、イルバス王室は六人の子どもたちがみな元気に育った。ひとえに、イルバスでは王室が血族結婚を繰り返していなかったことと、妻であるマルガ王妃がかくべつに健康な女であったがゆえである。

誰も健康面で劣らないのは喜ばしいことだったが、跡継ぎを決めるのに国王は非常に難儀した。

どの息子に後を継がせても、傾きかけたこの国が完全に陥落するのは必至だった。

反面、娘たちはかしこく、特に一番上の王女ジルダは「カナリア」と呼ばれ、王宮の中で大切に慈しまれた。

ただ、この王女は美しかったものの国王にも王妃にも似ておらず、ベルトラムの子にしては頬骨も高すぎるし、目もつり目がちだった。だがあらゆる家の血が入ったベルトラム王室では、特段それが問題になることはなかった。おそらくどこかの親戚筋の血が、濃く出てしまったがゆえであろう。

二番目の王女ミリアムは母親そっくりの赤毛とくりくりとした茶色の瞳をした、おしゃまな女の子だった。次女らしく抜け目ないところがあり、姉が怒られているそばではわざとしゃんとしていい子であることを強調しているが、世話係がいなくなるとたんに舌を出して悪さをするような子どもだった。

だがこの「悪さ」も大人が思わずくすりと笑うユーモアにあふれており——たとえば、音楽教師のかつらを隠したり、語学の勉強をさぼって父親に恋文を書いたりと——みなが彼女のいたずらを許してしまっていた。時折かんしゃくを起こすことはあっても、それすら子どもらしいと寛容に受け止められていた。この王女は王女で、呆れられながらもかわいがられていた。一方で気ままにふるまう彼女を、厳しい目の大人たちは、姉と比較してドードーと呼んだ。

三番目の王女アデールは、きょうだいたちの中で一番国王に似ていた。まばゆいばかりの金色の髪、鮮やかな森のような緑色の瞳。ぷっくりとした子どもらしい頬はいつも薔薇(ばら)色に染まっていて、どんなに頑固な老宰相(ろうさいしょう)も、アデールの前では破顔(はがん)せずにはいられなかった。ふたりの姉によちよちと頼りなくついてゆくあどけなさは、王宮の癒(い)やしだった。

寒さに強く、冷たい大理石の廊下(ろうか)を裸足(はだし)で走っては、従兄(いとこ)のグレンと追いかけっこをしていた。だいたいアデールは負ける。そのたびに父王の部屋へ、泣きながらたずねていくのだ。国王はいつもアデールの冷え切った足の裏を揉(も)んでやっては、彼女がくすぐったがって笑うのを優しい目で見つめていた。

イルバス国王は、この三番目の王女アデールを、ことのほかかわいがった。末っ子だからというのもあったが、彼女の中にはベルトラムの血が色濃く流れていたからだ。

普段は甘ったれた娘であるのに、辛(つら)いことがあると歯を食いしばり前を向く癖(くせ)があり、そうしたとき、国王は賢王と呼ばれた亡き父を思い出すのであった。

この子は、カナリアになるのか、ドードーになるのか。

天命は、彼女を選ぶかもしれない――。国王は、そう思うようになっていた。

彼が断頭台で命を散らす、少し前の話である。

＊

粉雪の舞う空の下、イルバスはしんと冷え切った朝を迎えた。

アデールはゆっくりと目を開けた。グレンは先に目覚めていて、アデールの髪を優しく撫でていた。

彼を見上げると、強く抱きしめられた。

まるでアデールの存在を確かめるような、熱い抱擁だった。

グレンは、ずっとこうしたかったのだ――。アデールは彼の肩に額をこすりつけ、そう思った。

「……グレン。私は春になったら、ニカヤに行きたい。一緒に行ってくれるでしょう？」

アデールにしては、思い切った甘え方だった。いつも従順な彼女は、逆らうことはおろかおねだりをすることもほとんどなかった。夫のグレンが、初めて結ばれた妻に素直に甘えられたら、断れないことは明白である。なにしろ彼は昔から、アデールを好いていたのだから。

グレンはしばらくしてから、言った。

「あなたが望むなら、そうしよう。騎士団の件は急いで引き継ぎを進める。こうなった以上、あなたが安心できる場所はもうこのイルバスのどこにもないのかもしれない」

ふたりの姉の熾烈な権力争いは日に日に勢いを増していた。隣国へ逃げて、中立な立場を守るように――。それがエタンの助言だった。

エタンはアデールにとって、お目付役のようでもあり、兄のようでもあり、そして自分にどこか似ている、放っておけない人物であった。

（逃げるためではない。なにかを得るために、私はもっと見聞を広げなくてはいけない……）

イルバスの国内はアデールが物心ついた時から荒れている。平和な世を築く国が、どうしてその未来を招くことができたのか、実際に行ってみなくてはわからない。

常春（とこはる）の国、ニカヤへ。

国のためになせることを学ぶには、人の言うことを素直に聞いているだけではだめなのだ。

アデールは決意をかためたのだった。

＊

ニカヤ語の教師を雇い、みっちりと授業を受けた。アデールのニカヤ語はみるみる上達していった。以前とは、気迫が違った。アデールは生きるために水を欲するように、あらゆる知識を欲していた。

時をおいて、アデールは王宮へ向かった。

「お姉さま。ニカヤへの出立をお許し願いたく、はせ参じました」

アデールはジルダの前で恭しく腰を折る。

ジルダは玉座に座り、けなげな妹を見下ろしていた。

「グレンの具合はもういいのか」

かたわらのグレンはよどみなく答える。

「左目の視力はほとんどありません。太陽の光が目に障りますが、幸い他に悪いところもなく、落ち着いています」

彼の左目には革製の眼帯があり、以前よりもすごみが増した。

ジルダは再びたずねた。

「犯人に心当たりはないのか？」

襲われた当時のことを、アデールはぞっとしながらも思い出した。襲われたのは夜中だったが、明るい月が出ており、犯人の男の姿ははっきり見えた。もちろん顔を隠していたが、それを抜きにしても背格好に心当たりはない。

「顔のほとんどを隠していたのですが、おそらく見知った者ではありませんでした。黒目のぎょろりとした男の知り合いは、私にはおりません」

誰かから雇われた刺客であることは間違いないが、問題はそれが誰のさしがねなのかがわからないことだ。イルバスにいる間中、アデールはかたときも安心することができなかった。

「旅の道中に襲われるともかぎらん。恐ろしくはないのか？」

アデールは少ししてから、口を開いた。

「恐ろしい……とは思います。でももうここは廃墟の塔ではないのです。誰かの一存でみすみす殺されることはありません」

彼女の言葉には、明確な意志があった。ジルダのまなざしは、すっと冷たくなる。

それまで口を閉ざしていたエタンは、薄い唇をゆがめた。

「アデールさまがニカヤに行くというのなら、僕もできるかぎりお助けいたしましょう。グレン殿も病み上がりではなにかと大変でしょう」

「その心配には及ばない。こちらはこちらで、旅程をしっかり決めて報告すべきことはする」

グレンがきっぱりと断ると、エタンは肩をすくめてみせた。

ジルダはアデールに言葉をかけた。

「ニカヤへ行ってどうする？　まさか暗殺されかけたので、かくまってくださいとは言えまい」

ジルダは勘違いをしている。アデールがニカヤへ向かうのは、かくまってもらうためではない。前に進むためだ。

「同盟関係を結べればいいと思っています。最終的には」

「鉄鉱山の採掘権ですらとれなかったお前たちがか」

苦い思い出である。アデールはくちびるをかんだ。

「同盟は、一朝一夕（いっちょういっせき）でなしえるものではありません。まずはイルバスを信用していただかなくては成立しない。この国はまだ安定しているとは言いがたい。このまま同盟を持ちかけても、おそらく断られるでしょう」

くちびるがふるえた。アデールはまだ、自分の意見を述べることに慣れていなかった。しかし、相手は血を分けた姉なのだ。この国の女王であろうと、おそれずに向き合えなくてどうする。

彼女はこぶしをにぎりしめた。

「まずは、イルバスを信頼にたる友人だと思っていただく、その一歩を踏み出すためにニカヤへ向かいたいのです」

「なにを悠長（ゆうちょう）な。お前とグレンが動くことで少なくない金が国庫から出るのだぞ」

「それに見合う働きをできるよう、努力いたします」

アデールは譲（ゆず）らなかった。いつもなら、ここで彼女はしゅんとなって、夫や姉の顔色をうかがうところである。

「努力とお前は言うが、その努力が実る可能性は？」

「可能性の話をしてはきりがありません。やるかやらないかです、お姉さま」

アデールは奥歯をかみしめ、姉を見据えた。

国内の情勢が厳しいときに自分が動くことの意味を、アデールとて理解していないわけではない。しかし、犠牲を払わなくては手にできないものもある。

一瞬、ジルダはこの無力なはずの妹姫にけおされたようだった。

「大きな口をたたくようになったものだ」

「お姉さまのお力になれたらと思えばこそです。差し出がましいまねをして申し訳ございません」

と言いながらも、「差し出がましいまねをした」という様子をまったく見せてはいなかった。このアデールのどこかふっきれたような態度に、グレンだけでなくエタンまでもが驚いた。

「女王陛下、アデールさまがここまでおっしゃるのですから……」

エタンにうながされ、ジルダは念押しした。

「成果をかならず持ち帰れるのだろうな」

「ベルトラムの名において、できる限りのことをいたします」

約束はしなかった。ジルダはもういい、と手を払った。

「好きにするがいい。ただし質素倹約を忘れるな」

「得意な分野でございます、お姉さま」

「それもそうだな。他国から雑草をありがたがって持ち帰る王女もそういまい」

ジルダの皮肉に、アデールは笑顔で答えた。

「カスティア国からいただいた薬草やタネイモは、王宮の裏庭ですくすくと育っております。あちらの国のものよりも小ぶりですが、無事に芽吹いたのはよろこばしいことです。これをひとつの産業にできれば、国の経済安定化への手助けになります。お姉さまもよろしければご覧になっては……」

「そのような時間はない。エタン」

エタンは次の予定を確認し、ジルダに伝える。今度は大臣連中との会合だ。アデールたちは玉座の間を退出し、ニカヤ行きのために人手を借りることとなった。

ジルダは機嫌をそこねたようだ。アデールと目を合わせることもなかった。

「アデール」

グレンは遠慮がちに言った。

「いきなりそういきりたつものではない。女王陛下はあなたのためを思って……」

「わかっているわ。動くなら、刺客が放たれる前にするべきだった」

「そうじゃない。突然やる気になりすぎだ。みんな驚いてる」

「私らしくない？」

「ああ」

「私も……そう思うわ」

今までは泣くだけだった。あきらめるだけだった。

ジルダやグレンの機嫌をうかがい、おびえて、ミリアムには振り回される。エタンにはいいように煙(けむ)にまかれてばかりだ。

これからもそうなのかもしれない。覚悟ひとつで、今までの積み重ねをすべて変えることはできない。でも、変わろうとすることはできる――。

アデールにとって、ニカヤ行きはその一歩だ。

甘えられる時はとっくに過ぎてしまった。気づくのが遅すぎたのだ。

「私は、あなたに守られて幸せな女なのです。与えられた幸せは、返さなくてはならない」

「アデール。そのように義務的にならずともいい。俺のけがに負い目を感じているのなら……」

「感じています、もちろん。感じずにいられるわけがない。あなたは私をかばったのだから」

「俺が不注意だっただけだ。あなたは俺の妻で、襲われた場所は俺の屋敷だ」

「あなたは私の夫で、あの屋敷は私の住む屋敷で、私はベルトラムの女です」

アデールはきっと目つきを鋭くした。

「言葉遊びをしたいのではない」

グレンは一瞬、言葉をのみこんだ。それから「では、どうしたいんだ」と静かにたずねた。

「私にできることを教えて。私はこうして動くために本当に必要な教育は受けてこなかった。あなたの力が、今いちど必要なの。──あなたたちも」

ニカヤに訪問する臣下たちが、会議の間に集まっている。

人員はエタンが決めたものだ。もともとニカヤ行きは彼の発案によるものだった。

「私に力を貸してください」

アデールの言葉に、臣下たちはあわてて頭を下げた。

会議の間の扉が開き、金色の姫がすいこまれていった。

＊

「気に入らない。あの生意気な態度はなんなのだ」

ジルダは書斎のソファに座り、結った髪をほどいた。まっすぐな銀髪が、さらりと背中に落ちる。

エタンは、ジルダから髪留めを受け取ると、そっとジュエリーボックスにしまった。銀細工の髪留めに宝石飾りはない。女王の最大のアクセサリーは王冠である。

今は女王の私的な時間だ。王冠も大切にしまい、重たいガウンも脱いで、薄衣を重ねたなめらかなドレス一枚。ドレスのシルエットから、ほっそりとした肢体が浮かび上がる。

うぶな男性なら目をそらしそうなものだが、エタンは慣れたものだった。薄着の女王のために、薪を何本か、暖炉に追加で放り込む。

「アデールさまには驚かされましたね」

「グレンが甘やかしすぎたのだ」

「じらしにじらして、新婚の夫を翻弄する。ぎりぎりのところまでおあずけを食らわせ、いっきに女らしくしなだれかかれば、グレン殿のような真面目な男はひとたまりもないでしょう。あの夫婦はきっと、これからアデールさまが主導権を握ります」

「あの娘がわざと、そんなまねを？　世間知らずの廃墟育ちが」

「でも、国王陛下とマルガ王妃の娘だ」

ジルダは吐き捨てるように言った。

「男を惑わす才能があるとでもいうのか」

「男というより、人です。人から愛される、天賦の才。それはベルトラム王家に受け継がれた、たぐいまれなる才能なのです。イルバスを長らく統治してきたベルトラム家の子どもたちは、特別な力があります。小賢しく策略をめぐらせるより、天命がそのように仕向けてしまう」

「それ以上は、私の機嫌をそこねるぞ」

「存じております。ここまでにいたしましょう」

　エタンは燃え上がる炎を見つめていた。

「アデールさまを襲わせた者を探さなくてはいけません」

　ジルダは物憂げにため息をついた。

　彼女らしくない、じっとりと空気を汚すような、長いため息だ。

「ミリアムが……あの日の夜、アデールが死んだらどうするのかとたずねてきた」

「ミリアム殿下が」

「秘密を知るのは私とミリアムだけだ」

　女王は、それきり口を閉ざした。エタンは暖炉に、じっと目をこらしていた。

「ミリアム殿下を疑っていらっしゃるのですね。ですが、国民派遣計画に異をとなえる者の仕業かも知れません」

　国民派遣計画は、ミリアムが提案したイルバスの労働層の流出計画だ。頑健で厳しい労働環境にも耐えられるイルバス人をカスティアへ派遣し、その労働力により利益を得るというもの。カスティアではイルバス人に職業のノウハウを教え、教育を受けさせる。

　国民の教育や労働者の育成に力を注ぐ余裕のないイルバスで、資源の代わりに人を流出することで経済効果を高めたいという政策だった。

「私が反対している以上、アデールを殺さなくてはならないほどの事態にはなっていないはずだ」

国民派遣計画がいよいよ本格的に打ち出されれば、外交を主軸に動くアデールやグレンが狙われることになるかもしれないが、まだミリアムが気に入りの貴族に発破をかけているに過ぎない。

ミリアム派の貴族は少なくないとはいえ、ジルダを支持する者もいまだ多くいる。国が安定していない以上、思い切った改革は失敗すれば命取りとなりかねない。貴族たちはミリアムの提案した甘い話は気になるものの、まだ多くの者が二の足を踏んでいるのだ。

エタンはぽつりとつぶやいた。

「あとは……私怨ですかね」

「私怨？　アデールにか？」

とうてい考えられない、とジルダは思った。

幼少期はさみしい廃墟の塔にとじこめられ、キルジアではほとんどを離れで過ごし、ひっそりと暮らしていた。

彼女はずっと孤独だったのだ。姉のジルダですら、それほど一緒に過ごすことはなかった。

この国に帰ってきてからも、ジルダはあまりアデールを外に出そうとしなかった。注目をあびたのは戴冠のために帰国したとき、そして先日の結婚式くらいのものだ。

三人の王女の中でアデールは一番影が薄い。私怨を買うほどの人物ではないはずだ。

「グレン殿関連とも考えられます。自分の考えをけして曲げようとしない方なので、どこかで敵を作ったのかもしれません」

「融通がきかないとは思うが、それほどまでに嫌われる人柄とは思えない。奴を慕う部下は多いと聞いている。グレンはイルバスでは英雄だ。表立った仕事に奴を抜擢して、反対する者はほとんどいない」

「妬けますね。僕なんて王宮じゃすっかり嫌われ者だというのに。女王陛下はグレン殿を買っておられる」

暖炉の中で薪が、くずれおちる。エタンは首をほんのすこしかたむけて、その様子をながめている。

彼の言葉に感情がかけらもともなっていないことがわかっているので、ジルダは淡々とたずねた。

「くだらない冗談はいい。私怨というのなら、いったい誰があの娘を殺そうとする？」

「……革命家サリム・バルドーが死に、僕たちは流れ込むようにしてイルバスに戻ってきました。とりこぼされた者たちによる、恨みかもしれません」

ジルダはじっとエタンに視線をよこす。彼は立ち上がり、にこりと笑ってみせた。

これは役目に徹するときの顔である。

「ご心配は無用です、女王陛下。必ず僕が、すべて始末をつけてみせます」

「毎度自分が汚れ役になることに、そろそろ嫌気がさしてきたころではないか？」

グレンが貴族や平民たちから好かれているのは、アデールの夫になったからではない。

その清廉潔白な印象が、安心感を与えるからだ。

対して同じ公爵のエタンは違う。王杖を持ちながらも、不気味な幽霊のように女王の後ろに付き従い、後ろ暗い仕事にも平気で手を染める。そうしてこなくては、ふたりがここまで生き抜くことは不可能だった。

イルバスの政治家たちは、エタンの様子をおそるおそる窺う。彼の意志は女王の意志であり、そして女王の寵愛は彼にそそがれている。

女王の夫でないにもかかわらず――。

それが、反感を買うのである。

エタンは首を横に振った。

「僕はあなたの忠実な王杖です。女王の杞憂はすべて僕がなぎ払いましょう」

ジルダのほっそりとした手を手に取り、くちびるを寄せる。

エタンは苔のような、まだらな緑の瞳で女王の顔をのぞきこんだ。

彼には見抜かれている。ジルダが、これ以上ない不安を抱いていることを。

「あなたのベルトラムは、まだ続きます」

「永遠に、というわけにはいかない」

「ものごとには必ず終わりがおとずれるのです。最後までお供しましょう。あなたはひとりではない」

エタンはジルダの顎(あご)を指先でなぞり、くちびるを重ねた。

ジルダにとって、エタンは共犯者だった。彼女は目を閉じて、彼に身を任せる。

女王の男。ジルダの恋人。

結婚するまでの期限付きの、かりそめの恋であった。

*

アデールは、自邸の書斎で分厚い資料のページをめくっていた。

ニカヤに関して書かれた報告書である。

常春の島国、ニカヤ。その歴史はまだ浅い。百年前に大陸から移住してきた民たちがひらいたとされる国である。

偶然に発見されたその島に、はじめは難民たちが身を寄せた。ただなにもない、だだっぴろい土地であった。唯一の良いところは、こごえるような寒さもうだるような暑さもなく、おだやかな気候であることだけだった。

国家も法律もなく、したがって秩序もなかった。もっと言えば、国の名前もなかった。ニカヤで暮らす者たちは、自分たちの住まう土地をただ「島」と呼んだ。

そこへひとりの指導者があらわれる。

ラザール・ニカヤ。彼がどこからやってきたのかは誰も知らない。数人の仲間と共に粗末な船に乗り、漂流してきた。

そして、たった十数年でこの島を改革してみせた。やがて島は彼の名をとってニカヤ島とよばれ、ラザールの息子の代には国として認められた。

盗みや犯罪が横行していた島には法律と秩序がもたらされた。男たちには造船をさせ、鯨を捕りにいかせた。温暖な気候と豊かな土地を利用し、農場を作らせた。農場の仕事は女の仕事となった。仕事と食べ物が安定すると、次は知恵だ。

ラザールは己の学んだすべてのことを、ニカヤの民へ受け継いでゆく——。

一度はカスティア国に占領されたこともあったが、先代国王がそれを取り戻した。その後も隙を見せぬ堅固な守りで、ここ五十年は平和な治世が続いている。

現在の国王はマラン・ニカヤ。四十代の彼には二人の弟がいる。三人の王族はそれぞれに役割分担をし、国の繁栄につとめている。

（イルバスも、こうだったらいいのに）

ジルダとミリアム、アデールが手を取り合って、国民を我が子のように慈しむことができたなら――。

このままいがみあっていては、やがてすべてが破綻する。

ニカヤの王子たちは、仲が良いのだろうか。良くなくとも、国の勢力が割れて王位継承者をそれぞれ担ぎ上げるような状況にはなっていないのだろう。

きょうだいの多さが国の力になればいいのだが、今のイルバスはベルトラムの王女が三姉妹であることが弱みになってしまっている。

「あまり根をつめすぎると、体調を崩すぞ」

肩に毛布をかけられる。グレンだった。

いつも体調を気にかけるのは侍女のアンナの役目だった。ということは、彼がアンナから仕事を奪ったのだろう。

「ごめんなさい。心配をかけたのね」

「今度は、ひとりで仕事をする気なんだな」

グレンは少しさみしそうだった。カスティアに行くときは、基本的なことはすべてグレンに任せていた。そうしろと言われたからだったのだが、今思うともったいないことをした。

カスティアから学べることは、もっとたくさんあっただろうに。

（そう考えると、亡命していたキルジアでもお姉さまから言われたことだけをこなしていた……私は、なんて愚かだったのだろう。お姉さまの役に立つためと言いながら、学ぶ機会を自ら損失していたなんて）

エタンにあきれられていたのもうなずける。廃墟の塔から出たばかりだったとはいえ、失った時間があるのだから人の二倍、三倍もやるべきだったのだ。

国のことは人任せでいい――そう言われて、その通りだ、自分に国を動かす価値などないと思っていたからだ。

「ひとりではないわ。あなたもいるもの」

アデールひとりでどうにかできる問題でもない。夫の協力は必要不可欠だ。

「俺は、あなたにとってどういう存在だ？」

「……私の夫よ」

なぜそんなことをたずねるのだろう。

もう自分たちは本当の夫婦だ。アデールは彼を拒んだりしない。失いたくないと思った、大切な人だ――。

彼にすべてをゆだねたのに、グレンは日ごとにじりじりとなにかに追い立てられているようだった。

「私の気持ち、伝わってないの？」

アデールが悲しげな顔をすると、グレンは言葉に詰まった。

「そういうわけでは……ただ、あなたはあまり目立ちすぎない方がいい」

「殺されるかもしれないから？」

「そうだ。今までは優しくて控えめな王女だったから、敵視されなかった。でもあなたが動き出せば違ってくるかもしれない。ミリアム殿下のように――」

「でも、なにもしなくても殺されかけたわ」

バルコニーで首をしめられた、あのときの恐怖――。

忘れようにも忘れられない。

明確な殺意。そして、その殺意がどこから湧いたかもわからない、言いようのない不気味さ。

泣くだけだった自分。

グレンはアデールの読んでいた資料をわきによけた。

「心配なんだ。これ以上あなたが注目されて、敵を増やすのが。ニカヤへ行くのはかまわないが、国政に口出しはしないでもらいたい。本当は王宮へだって出したくないのに」

グレンはせっぱつまった様子だった。

大げさな護衛に守られ、アデールは屋敷と王宮を行き来している。

屋敷の護衛も倍に増やされ、使用人たちもぴりぴりしている。いっとき目を離した隙にアデールが飛ばされた手紙を拾おうとバルコニーに出そうになり、執事のメーガスがあわてて駆け寄ってきたこともあった。

「田舎(いなか)の屋敷に引っ越したいくらいだが、俺も騎士団の育成がある以上遠くにいくわけにもいかない。ひとりにさせるのはもっと嫌だ。あなたがなにかをしようとするたび、俺は腹の底がどんよりと重たくなる」

グレンは、アデールに優しくて控えめな王女でいてもらいたいようだった。

アデールは彼から無理に資料を取り戻そうとしなかった。グレンは、彼の言葉通り不安なのだろう。

アデールは七年間にわたり廃墟の塔にとじこめられ、明日の命も知れぬ身で育った。そのため、こういったときの精神力は並外れていた。殺されかけたとしても、夫の背に隠れて生きようとしないことがそれを証明している。

対してグレンは、国のために命を賭(と)して戦ったものの、じわじわと不安にさいなまれるような状況には慣れていなかった。こういうとき、グレンの方が精神的に弱くなる。

(不安は、目に見えないから湧き起こる。グレンは私が殺されるかもしれないからではなく、私が得体のしれない誰かに見えるから、不安なのね)

アデールは、夫の揺れ動く心がよくわかった。すべては自分や国を大切に想っているからこその感情だ。

「資料を読んで、わからないところがあったの。あなたから教えてもらいたいわ。お茶を運ばせましょう。ふたりでゆっくり読みたいの」

「アデール」

「田舎でも、王都でも、ニカヤでも……隣にグレンがいれば安心できるわ」

彼のふしくれだった手に、ほっそりとしたアデールの手が重ねられる。

グレンは折れずにはいられなかった。彼は不承不承うなずいたのだった。

＊

ドレッサーの前には、木を彫りだしたバレッタが置かれている。アデールが気に入って、職人から買い取ったものだ。安価だが優れたデザインで、レースをかたどった複雑な文様である。

「こういったものをニカヤ訪問への手土産にできないかしら。たとえば調度品とか、ニカヤの妃殿下への贈り物とか――」

「でしたら、こちらの方がよろしいかと」

アンナが取り出したのは、宝石をはめこんだ髪留めだった。これではつまらないのに、とアデールは思う。

「最近の奥さまはニカヤのことで頭がいっぱいですね」

　ガブリエラは留守番役なので面白くないのだ。

　彼女はアデールがフロスバ家から借りている使用人だ。もともとはアデールとグレンの夫婦仲がうまくいってなかった頃、恋多き彼女から得られるものはないかと思ってよびよせたのだった。

　今は明るい彼女の人柄に癒やされて、週に何度か来てもらっている。グレンは常にしかめ面だし、アデールも大人しい方なので、この屋敷はいつもしんとしているのだ。ガブリエラがいるときだけは、笑い声であふれている。

「せっかくバレッタがあることですし、今日は、後ろ姿がきれいに見える髪型にしましょう。結い方も勉強してきたので」

　器用に櫛を動かして髪をふくらませ、香油を使いながら美しく結ってゆく。ガブリエラの技術は日に日に進歩している。おしゃれと恋に対して興味のつきない彼女は、街に繰り出しては流行の髪型を研究しているらしい。

「ニカヤでは、どんなファッションが流行しているのかしら。奥さま、そのあたり調べておかなくても良いんですか?」

「着飾りに行くわけではないわ」

「私もお供したかった。アンナさんは連れていくのに」

「いたしかたないわ。人数がかさめばそれだけ旅費がかかるのですもの。質素倹約を常に、とお姉さまから言われているし」

連れていく人数は最小限に。しかし暗殺未遂事件があった手前、護衛を減らすわけにもいかない。あまりものものしくてもニカヤ国を警戒させる。

結局手練れの護衛数名を、できるだけ身近におくこと、行動するときはグレンの目の届く範囲にいることが条件となった。

「旦那さまがよくお許しになりましたわ。アデールさまから女王陛下にニカヤ行きを進言されたと聞いて、私も驚きましたもの」

アンナはしみじみと言う。

アデールは難しい顔になった。

「本音はきっと、良いとは思っていないわ。私のわがままを聞いてくれただけで……」

「愛ですねぇ」

と、ガブリエラは目を輝かせた。

「奥さまは、なにごとにも控えめすぎたのです。ちょっと無茶を言って困らせるくらいの女の方が、かわいげがあるというものですよ。男は誰でも、好きな女性から頼りにされているという実感がほしいのです」

「これ！　奥さまはお遊びでニカヤへ行くのではないのですよ！　そのような物言いを……」

「アンナ、いいわよ。たしかに最近は、グレンになにかつっぱねられることもなくなったし」

フロスバ家からこのガブリエラを借りていることも内心よく思っていないはずなのだが、彼女を追い返すようにとは言われていない。アデールが気心の知れている髪結いならと、結局許してくれている。

でも、彼がなにか物足りなさそうにしていることはたしかである。

グレンをないがしろにしているつもりはない。むしろ今まで以上に、彼を大切にしているはずなのに……。

今までは、グレンを怒らせずにすむように、彼の言うことをきいていただけだった。だが今のアデールは、グレンの望むことを想像しながら時に我を通しつつ行動するようにしている。

結果的に彼を怒らせることはなくなったものの、グレンはむしろアデールと接しにくそうなのであった。

「お土産がほしいですわ奥さま。あちらはフルーツが有名なんでしょう。干したものでいいですから」

フルーツ……と聞いて、アデールはいつかエタンがくれた干しレモンを思い出していた。あちらにレモンはあるだろうか。それとも、キルジア産のものとは味が違うだろうか。

「まったく、この子はずうずうしいですね」

アンナはあきれた口調である。

「わかったわガブリエラ、あなたの好きそうなものをあちらで見つけてくるわね。市場や農場も見学させてもらうつもりですから」

「やったぁ。フロスバ家のお屋敷で自慢しなくちゃ」

フロスバ家——という言葉に、アデールは彼女の本来の雇い主のことを思い出した。忙しいエタンは、王宮に泊まり込むことも多い。屋敷にきちんと帰れているだろうか。

「最近、フロスバ家はどうなの。私もニカヤ行きで忙しくてエタンとあまり王宮で会ったりはしないから——」

「ああ……。なんというか、もめてますね」

「もめてる？」

結った髪に、木細工のバレッタが留められる。ぱちん、と頭が揺れた。

「そうなんです。エヴラールさまが……ちょくちょくイルバスのお屋敷に来ているみたいなんです。自分も、なにか王宮での仕事がほしいって。エタンさまは取り合っていないみたいなんですけど」

エヴラールはフロスバ家の長男だ。本来ならば彼が家督を継ぐはずだったが、異母弟のエタンの方が優秀であり、女王の信頼も厚かった。

結局エタンが王杖を授かってしまったため、エヴラールの存在をフロスバ家では「なかったもの」にしているらしい。

以前は留学すると言っていたようだが、結局それもうまくいかず、いまはふらふらとどこかへ行ってみたり、屋敷に戻ってきてみたりして、使用人たちは手を焼いているそうだ。

「お父君もかんかんだし、奥さま……エヴラールさまのお母君だけが息子を哀れんで、あれこれとお金を工面してやっていたみたいなんです。でも最近になってエタンさまは、税金で放蕩息子を養う家が王杖を授かった家だと言われては、女王の評判を落とすといって、エヴラールさまが屋敷へ近づくのも禁じるようにと命じられて」

エヴラールは以前にも増して悪い連中とつるむようになり、金が尽きるとフロスバ家へ無心に来ていた。

キルジアにいた頃はそれでもよかったが、ジルダが正式に戴冠してからそれでは外聞がよろしくないだろう。

ジルダの政権を第一に考え、身内を真っ先に切り捨てるのもエタンらしい。

「アデールさまが気にされるようなことではないですけどね。エヴラールさまなんて、関係ないですし」

「あなた、フロスバ家の使用人でしょう。ずいぶん冷たいではないの」

「アンナさんみたいに、小さい頃から主人を見ていたわけでもないですし……それに、エヴラールさまは女癖が悪くて、泣かされている使用人もいたんです。私、いい男は好きですけど、ひどい男は大嫌いです。もともとそんなに好きでもなかったんですから、ふん」

「……少しは好きだった時期があったの？」

アデールがたずねると、鏡越しに見えるガブリエラは真っ赤だった。

彼女はあわててクリームを手に取り、アデールの首筋をマッサージしはじめる。手が熱い。これは完全に図星のようだ。

「まぁさか。エタンさまにくらべれば、全然、だめな男です。見た目も能力もエタンさまに負けてますし。……けれど女であればいっときは、だめな男に惹かれちゃうことって……ありますよね？」

「さ、さあ……」

アデールは言葉を濁した。恋愛ごとに疎いアデールのためにこのガブリエラを呼んだというのに、彼女の質問に答えられるわけもない。

「まさか、ガブリエラ。お前、エヴラールさまのお手つきに……」

「なってません。ちょっといいな、と思った時期があっただけですよ。そのときはエヴラールさまも、今よりはまともでしたし……。歳は私よりずっと上で、今にして思うとおかしいなとわかるのですが、十代の頃は大人の男性がみんな素敵に見えたんです。それで、ちょっと優しくされてのぼせあがってしまって。でもすんでのところでエタンさまが、私たちが夜にこっそり、お屋敷の裏庭で会っているのを見かけたらしく――。翌日に私を呼びつけられ、こう言ったんです」

――君がどういう人生を歩むかは、僕の知るところではない。ただ僕は、貴族の御曹司(おんぞうし)に気まぐれに手を出されて、不幸な人生を歩むことになった女をひとり、知っている。その女はいっときの贅沢(ぜいたく)を許され、栄華を極めたかのように思えたが、人生最後の日はポケットに小銭の一枚もなく、道ばたで行き倒れていた。

人の愛とは、実に軽薄なものである、と。

「あんまりにもさみしいことを言うから、私は本当の愛がほしいと言ったんです。そうしたら、エタンさまはなにも言いませんでした。私もその日以来、エヴラールさまにお会いするのはやめにしたんです。だってエヴラールさまには恋人が何人もいたし、本当の愛を手に入れる日なんて、一生来ない気がしたんですもの」

間違いを犯す前に、ガブリエラは引き返したのである。

エタンの知る女とは、彼の母親のことだろうか、とアデールは思った。たしか彼は妾(めかけ)の子で、エヴラールとは片親としか血がつながっていないと聞いている。

アンナはアデールの上着にブラシをかけながら言った。

「フロスバ家がもめれば、少なからず国政に影響が出るでしょう。早く解決するといいですわね」

「そうね……エタンのためにも」

アデールは王宮の方を見つめた。

エタンは、たとえ問題が起きてもけして騒ぎ立てたりしない。淡々と、静かに処理しようとする。その冷静さが心配でもあった。

彼や彼の家族の心に安寧がおとずれるよう、アデールは心の内で願った。

＊

「お帰りなさいませ、ご主人様」

エタンのコートや帽子をあずかると、執事は小声で言った。

「エヴラールさまが来ております」

「またか」

このところ、しょっちゅうだ。兄はどこかで借金を作ってきたが、エタンは肩代わりすることを断った。それに加え、なにもできないくせに王宮の仕事がほしいと言う。仕事など部下に投げて、どこぞの貴婦人でもひっかけて、借金を返済させようとしているのだろう。王宮内にそれなりの役職があれば、社会的に信用される。

特別に見目が優れているわけでもないのに、父親に似たのか、女を懐柔するのは誰よりもうまいのである。同じ血がエタンにも流れているので、どういうやりくちかはわかる。

「ただでさえ僕は評判が良くないのだから、これ以上フロスバ家の印象を悪くしてもらっては困るな」

「お引き取りいただきますか」

「いや、聞きたいことがある。君たちはしばらく外して」

エヴラールは客間に通されていた。出された紅茶はとっくに飲み干して、棚から勝手にブランデーを拝借していた。顔は土気色で、目はどんよりと濁っている。

エタンを見るなり、彼はくちびるを醜くゆがめた。

「王杖を授かったエタン様。どうだい、この豪邸の住み心地は。羽振りが良さそうだ」

「最高ですよ。女王陛下にはいっとういい屋敷を賜りましたから。新しいイルバス王室は質素倹約が常ですが、公爵家くらいは威厳を保てる程度の財がないとね」

エヴラールは吐き捨てるように言った。

「この屋敷は、本来は俺のものになるはずだったんだ。お前は汚い手を使い、女王の男としてまんまと懐に入り込んだ。母親譲りの恥知らずめ」

「ご用件はなんでしょう。もう金銭はお渡ししないと言いましたが」

アデールを狙ったものは、私怨で動いたのかもしれない――。

その私怨は、アデールに向けられたものとはかぎらない。彼女をとりまく人物への私怨の矛先が、たまたまアデールに向かった可能性もある。

たとえば、グレンやエタンの成功をねたむ者。ジルダに冷たくあしらわれた者。ジルダには多くの護衛が張り付いており、近づくこともできない。まだひっそりと過ごしているアデールの方が、手にかけやすい。

王族のひとりが無残な死に方をすれば、女王はおびえるだろう。そういった嫌がらせを画策している者もいるかもしれない。

王杖を弟に奪われ、まともな役職も与えられない、エヴラールのような男が犯人である可能性もある。

「俺に役職を与えるよう、女王に進言してくれ。お前の言うことならきくだろう」

「残念ですが、ジルダ女王はためにならない進言を聞き入れるお方ではありません」

「知ってるんだぜ。お前たちがなにを隠しているのか」

エヴラールのくちびるは、ひくひくとけいれんしている。

エタンは表情を変えなかった。

「ほう。兄さんはなにをご存じと？」

「俺は、キルジアのほうぼうのサロンに出入りしててな。妙な噂を聞いたんだよ。ベルトラム王家の子どもたちのなかに、国王の血を引いていない者がいるという――」

　エヴラールは、もったいぶった様子で続ける。

「なんでも、マルガ王妃は退屈な夫に飽(あ)き飽(あ)きしていて、若いツバメをちょくちょくつまみ食いしていたらしい。一番下のアデールは国王似で疑いようもないが、他のきょうだいたちはどうだかなぁ。王妃のお気に入りは、舞踏会の夜に引き合わされた宮廷画家だ。銀髪でつり目がちの、たいそう美しい男だったそうだ」

「なんとよくできた作り話だ。詩人にでもなったらいかがです」

「ジルダ女王は王妃の不義の子だ。そうだろう、エタン。俺は、その宮廷画家の自画像も見たぞ。よく似ているよ、あの高飛車(たかびしゃ)な女王様にな。もし、俺の考えていることが真実だとして、このことが国民にばれたら――」

「ばれたら?」

「痛くもかゆくもないって顔だな。だがお前はいつも、自分の表情を隠すのは得意だからな。本当は心臓がばくばくとうるさいだろう。ええ? ビラだって用意したんだぜ。俺の言うことをきくなら、これは処分してやってもいい」

　エヴラールが取り出したのは、女王の出生にまつわる、スキャンダラスで低俗(ていぞく)なビラだった。これをばらまいて、亡きマルガ王妃の醜聞(しゅうぶん)を広めようというのだ。

　新しい王朝を、国民全員が快(こころよ)く思っているわけではない。必ず反乱分子は生まれる。今までも嘘か疑わしいようなゴシップ記事がばらまかれたことはあった。

だがそれが、王杖を出した家の者の仕業となるのは、話が別だ。エヴラールには常々消えてもらいたいと思っていたが、こういった形は理想的ではない。

まだ、フロスバ家はベルトラム王朝のためにできることがある。

「お前の言うことなど、誰も信じない」

エタンは声を低くした。

「素行の悪い兄が、弟の出世に嫉妬した上での戯れ言だ。誰も信じないし、耳も貸そうとしない。口にしないのが身のためだ。そういうことにしておかなければ、お前の世界に二度と光はおとずれない」

エタンの瞳は、じっとりと、見るものをひきずりこむような暗さをはらんでいる。

「なんだよ、脅すのか。では認めるんだな、女王が国王の子ではないと」

「公爵家から不謹慎なビラをばらまくわけにはいきません。兄さんの醜聞はこの家をおとしめます」

「俺の醜聞ではない。女王の醜聞だ！」

「先ほどからそわそわと落ち着きがないですね。脚をゆするのも、手の震えも止まりませんか？　視線は泳いでいるし、唾液の分泌も多いようだ。妄想や虚言癖もある。兄さんに必要なのは王宮での職ではなく、療養のようですね。いかがわしい薬に手を出すからそうなるのです。どう考えても、兄さん個人の、かわいそうな醜聞ですよ」

エヴラールは食い下がる。

「わかった、お前たちは最初から王位を奪うつもりでいたんだ。本当の継承者は別にいるんだろう。ミリアム王女はわからないな、母親似だから。血筋を守るなら、次を託せるのはアデール王女だけだ」

アデールの名が出て、エタンの視線はけわしくなった。

「あの王女はキルジアにいたときに何度か見かけたが、控えめで御しやすそうで、姉よりよほどかわいげがあったな。キルジアにいるうちに、手を出しておくべきだった。そうすれば女王の王配は俺だったかもしれないのに――」

エヴラールが言い切らないうちに、にぶい音がした。エタンが兄を殴りつけたのだ。

「なにすんだ、こいつ……」

机に置きっぱなしになっていたブランデーの瓶を割ると、兄をめがけてふるった。体勢をたてなおせないままのエヴラールは、頭を殴りつけられ額を切った。

エタンの表情はさえざえとしていた。片親とはいえ血がつながった兄の命など、なんとも思っていないようだった。あくまでこの一撃が威嚇であることも、エヴラールにはよくわかった。

「俺を殺す気なのか」

「兄さんはしゃべりすぎました」

「なんだ、お前あの王女にご執心なのか。それはまたさらなる醜聞だな。偽物の女王からいずれは乗り換えようと思っているんだろう。相手に夫がいても関係ない。自分の母親のように、他人のものを奪ってみせると」

「なんとでも言ってください。それが遺言でかまわないのであれば」

　扉が開いて、客間に女がとびこんできた。

「エタン‼　エヴラールを許してやってちょうだい」

　エヴラールの母親――エタンの義母である。おそらく隣の部屋でじっと耳をすませていたに違いない。けがをしたエヴラールを抱きしめ、涙ながらに訴えた。

「この子は本当はいい子なんです。父親が厳しくしすぎたのよ。私の大切な息子を奪わないで！　あなただって、母親が死んだときに引き取ってあげたじゃないの。その恩を忘れるつもりなの」

「まさか、お義母さま。育てていただいたご恩はけして忘れていません。ですが兄さんは、女王陛下にとっては悩みの種になりかねないのです。しかも、ひどくくだらない部類の」

「くだらないなんて、兄に向かってなんという口の利き方なの。妾腹の子のくせにぬけぬけと」

　今日は妾腹の子か、とエタンは心のすみでつぶやいた。

この他にも彼女のレパートリーはたくさんあった。売女の子や泥棒猫の子である。外面は正妻としての威厳を保ってはいたが、夫人にとってエタンを家に迎え入れるのはなによりの屈辱だったのだ。今やその屈辱の子が、自分の子を差し置いて当主になろうとは。

「この家の当主は僕です、お義母さま。女王陛下から、ありがたくも王都郊外の奥地に小さな屋敷をいただきました。そこで兄さんと一緒に暮らしてはいかがですか。不自由せぬよう、僕がなにもかも手配してさしあげます。王都はさわがしくて、お義母さまにはなにかとおっくうでしょう。最近は気鬱の病も患っておられるそうではないですか」

フロスバ夫人はふるえあがった。王都郊外など、行ったためしもない。キルジアに亡命していたときですら、親戚たちの助けにより贅沢な暮らしをしていたのだ。

食うにも困り、伝染病が流行し、一年中寒さが支配する。生まれる子の数を死体の数が凌駕する。エタンが親子を追いやろうとしているのは、そのような場所である。

フロスバ夫人は、田舎へ行けばたちまち死んでしまうに違いないと思っていた。

エタンはキルジアの親戚が手助けできないよう、外堀をきっちり埋めるつもりだ。夫人とエヴラールは、死ぬまでその土地に幽閉する。

エヴラールは叫んだ。

「母親を郊外へ追いやるとは、とんだ悪党だな！」

「あなたに言われたくない。女王陛下への謀反人をこの家から出すつもりですか？　そうなれば、ひとり残らず斬首されてもおかしくはない。選んでください。一家全員が処刑されるか、田舎に引っ込み二度と表舞台には出てこないか」

「エタン、エヴラールを許してあげて……私もさみしい土地へは行きたくないわ」

打って変わってのあわれっぽい言葉である。

エタンは冷淡だった。

「お義母さまがいる限り、兄さんはつけあがるでしょう。残念です。一年に二度は、無事のたよりを送ってください。お元気で」

「エタン‼　このことは、ジョージに言いますからね！」

「父さんは喜んであなたを送り出すでしょう」

前当主、ジョージ・フロスバと夫人はよくある政略結婚で、その後愛が芽生えることもなかった。義務のように長男をつくると、ジョージの心は別の女へと向いた。そうして生まれたのがエタンである。

ジョージは心変わりのしやすい男で、恋人は大勢いた。腹違いの兄弟はエヴラール以外にもいたが、能力を認められフロスバ家に迎え入れられたのはエタンのみ。王杖をさずけられてからは、彼を以前よりもかわいがるようになっていた。

口うるさい妻と不出来の息子をジョージは煙たがっている。エタンの提案には快く乗ってくれるだろう。

「フロスバ家をめちゃくちゃにしているのはお前だ。母親の復讐のつもりだろう」

「失礼ですね。僕がいなければフロスバ家が公爵家になることはかないませんでした。王杖を授けられたのも、イルバスに凱旋できたのも、すべては僕の手柄です」

今やフロスバ家はエタンなしには成り立たない。あとは全員お荷物だ。

(アデールさまを襲ったのは兄さんかと思ったが、このぶんだとその線はなさそうだ)

アデールと恋人になり王配を狙えばよかったなどとぼけたことを言うくらいなのだから、殺すようなことはしないだろう。せいぜい身の程知らずにもアデールにいいよって、グレンに蹴散らされるのが関の山である。

エタンには野心があった。それは王配になることではない。

ジルダを女王に担ぎ上げ、やがては終わりゆく歴史の一端として、このフロスバ家を終わらせることである。

食うにも困り道ばたでひとり冷たくなって死んでいった、母親のように。

＊

とある昼下がり、イルバス王宮。

ニカヤ国王への贈り物リストが作られた。アデールはそれを丁寧に検分した。ニカヤ国は作物も実り豊かで漁業もさかんである。

「塩漬けの壺を入れてもらえないかしら」

「塩漬け……ですか？」

なにを言い出すのやら、と外交大臣メルヴィルは困惑ぎみだった。

「ええ。イルバスのように作物を長期保管する習慣がないようですから、ご紹介をと思って。工夫すればあちらの気温でも塩漬けは作れそうよ」

「ニカヤの王族が、塩漬けをありがたがりますかねぇ。むしろイルバスの貧しさを際立たせるだけでは」

なにしろあちらは食に困ってなどいない。土地は太っていて作物は思いのまま、家畜はすくすく育ち、海に出れば鯨が捕れる。わざわざ食あたりの危険を冒してまで、食べ物を長期保管しておくこともない。

イルバスではわずかにとれた葉野菜を丁寧に塩漬けして、冬が厳しくなってきたころ、それを少しずつ食べる。爪に火を灯すような生活から生み出された食文化だ。

「塩漬けなんて、ニカヤ国王が召し上がるとは思えません」

「そのときはそのときよ。会話のきっかけになりそうなものは、なんでも持っていくわ」

メルヴィルは仕方なくリストに塩漬けの材料と壺を加えた。この王女が他国で恥をかかなければいいが。なにしろ廃墟で育ったので、なにかあるごとに貧しい育ちが影のようにつきまとうのである。

「グレン、こちらの木細工はどう思う？　ブローチやカフスボタンを作らせてみたのだけれど」

　ケースに入った木細工を手に取り、グレンは難しい顔をしている。

「あちらの国王は派手好きと聞いている。このような素朴な装飾品は好まないかと」

「そう……簞笥や手紙入れも作らせたのに」

「他の兄弟たちは違うかもしれない。一応リストには入れておけ」

　書記は仕方なくペンを走らせた。

「メルヴィル、この訪問にどれだけの予算を割ける？」

「滞在が二週間程度ということであれば、当初の外交予算を充てれば十分でしょう。そのかわり、年の後半に予定されております各国への表敬訪問のことを考えると、人件費をおさえなくてはなりません」

「アデールが襲われたばかりだ。今回は護衛の数は減らせない。俺の部下から何人か、腕におぼえのある者だけをつける」

「オースナー公爵の目のこともあります。医師の同行も必要です。あちらの気候がどうお体に影響されるか……医師と薬師を何人か」

「イルバスほど厳しくはないだろう。ひとりで十分だ」

「イルバス人の体のつくりはイルバス人が一番知っているのです。侍医は必ずお連れください。使用人は、アデールさまはおひとりだけでよろしいのですか」

「アンナひとりで十分よ。ドレスは自分で着られるものだけを持っていきます。新しくあつらえずとも大丈夫」

「それではイルバス王室の威厳が……」

他国では表敬訪問でも多くの人員を割き、流行のドレスに華やかな騎士たち、侍医はもちろん演奏家や詩人、目もくらむような贈り物の数々で圧倒させているというのに、イルバスときたら王女の侍女がひとりと少人数の護衛、着古しのドレス、手土産は塩漬けの壺。

（なぜ塩漬けなんだ。田舎の祖母が遊びに行くのではないのだぞ！）

これでは大臣としての自分の能力も問われるではないか。

メルヴィルはめまいがしてきた。イルバスで長いこと外交大臣をつとめ、一度は革命時に国を離れたものの、小国の政治家としてほそぼそと活動してきた。彼が見てきたなかで、これほど粗末な訪問の持ち物リストはなかった。

「身につけるものでそこなわれる威厳など、はじめからないも同じです」

アデールがきっぱりと言ったので、大臣は額から噴き出した汗をハンカチでぬぐった。

この寒さだというのに汗をかくとは、よほど自分は具合が悪いに違いない。

「あら、素敵なハンカチね、メルヴィル。それと同じものをリストに加えましょう。染めが素晴らしいわ」

「いや、結構……失礼。オースナー公爵……」

メルヴィルは立ち上がると、アデールにわからないよう、グレンに目配せした。

ふたりはグラスを手に取りながら窓辺に移動し、ひそひそと声を落とす。

「アデールさまは、いったいどうなされたのです。以前はこのようなことはなかったはず……」

「……おそらく、俺が怪我したことに責任の一端を感じ、精一杯彼女なりに手助けをしようとしている気持ちのあらわれだ」

なんとまあ。夫婦仲がうまくいっていないと噂されていたが、そのようなこともないらしい。

今日のグレンは妻がいたらないところはさりげなく助けに入るが、黙っているようにと言うこともない。

以前はアデールがなにか口を開くようならば、部屋から追い出してしまったというのに。今や彼女の視線をひとつ受けるだけで、発言を許してしまっている。

（困ったぞ。アデールさまは現女王の妹君で、むげにすることもできないし……）

お飾りでいてくれればいいのだが、彼女にそのつもりは毛頭ないらしい。

「お前の気持ちはよくわかっている。俺からもアデールに話をしておく。それに一度ニカヤから帰ってくれれば、彼女の気持ちはおさまるだろう。幼少期は廃墟で鬱屈とした暮らしをしていたのだ、遅れてきたイルバスへの関心が、この間の事件をきっかけにわいただけのこと」

「それは、そうでございましょうが……」

多くの王女たちが熱をあげて取り組んでいたのは言語の習得にダンスや刺繡、楽器演奏などのたしなみと花嫁修業だった。

立派な夫を持つアデールに求められていたのはせいぜいその程度のことだし、通訳として役目を果たし、イルバスの王女らしいふるまいをしてくれれば、文句のつけようもない。アデールは姉とは違った可憐な美しさを持っていたし、既婚者とはいえまだ十代の若さなのだ。人気を集めるのはたやすい。

このようなことはメルヴィルの計算外である。

「しばらくは妻を国外へ出して、安全なところに置きたいのだ。もちろんあちらの王族と良い関係性を築く努力はする。メルヴィル、しばらく耐えてくれ」

アデールを心配するグレンの気持ちもよくわかる。アデールはジルダ女王が大事にしている妹姫だ。

彼女がみすみす殺されるようなことがあってはならない。どのような手をつかっても、安全に気を配る。

それが彼女を娶ったもののつとめである。

妻の言うことを聞くふりをしながら、グレンはどうにかアデールを手なずけようとしているのだ。

力で押さえつけようとしないところが、惚れた弱みというやつなのかもしれない。

「アデールは俺が監督する。力を貸してくれ、メルヴィル」

「……わかりました」

「恩に着るぞ」

強く背をたたかれ、メルヴィルは飲んでいた水にむせた。

「グレン、メルヴィル。どうしたの、こそこそと」

「いいえ。それではアデールさま、先方と交わした予定表にございますが――」

メルヴィルは、仕事にとりかかった。

予定表の確認をした後は、すぐさま街中の壺を城に集め、すこしでもましなものを選ばなくてはならない――。誤って便器の壺がまぎれこまないように、念には念を入れるのだ。

*

春である。

アデールのニカヤ語は教師の助けを必要としないところまでになっていた。妄執にとりつかれたように、ニカヤの言語を身につけた。言語だけでなくニカヤをかたちづくった歴史や地理、そしてニカヤの王族や重鎮の名前もそらで言えるほどであった。

ジルダとミリアムの争いもひとまずは落ち着いており、イルバス王宮にはいっときの平和がおとずれていた。アデールが殺されかけたことなど、みなが忘れかけている。

だが、アデールは忘れられない。いつも自分のかたわらにいるグレンが、眼帯をしているかぎりは。

この平穏も、嵐の前の静けさのような気がしてならない。

結局犯人が見つからぬまま、ニカヤ国へ旅立つ日となった。

出立の式典を終えたアデールとグレンには別の役割があった。グレンは騎士団が中心となった別の式典に出席、アデールは出発前の決起会で挨拶をすることが決まっている。

「アデールさま」

式典の後に、背中からぞんざいに呼ばれた。誰だかはすぐにわかる。

「エタン。……少し痩せたわね」

「お気づきですか。太るよりはましだと思っていただきたい」

式典用の礼服に身を包んだエタンは、相変わらず引き締まった体つきではあったものの、顔に疲労の色が強く出ていた。頬もこけて、二十九歳の青年とは思えない不健康さがにじみ出ている。

「太ると困るのは、独身の公爵の美貌が蔭ってしまうから？」

「冗談もすらすらとお出になる。安心いたしました」

エタンは言葉を切った。

「今回のニカヤ行きを、かなり積極的にお進めになっているとか」

「メルヴィルは内心よく思っていないと思う。グレンも、たびたび私に大人しくしている
ようにと釘をさしてくるわ。私の行いが気に入らないのでしょう」

「あなたが暗殺されかけてから半年も経っていない。当然のことでしょう」

「きっと、それだけじゃないのよ。今までが今までだったのだもの、大きな仕事を任せる
には足りないと思われているのよ。信頼は、行動で得ていくほかないわ」

本当はわかっている。自身がうっとうしがられていることくらい。

アデールの思いつきはメルヴィルを困らせるし、グレンを落胆させる。

「きっと私は、ドードーね。そう呼ばれているんでしょう？」

「そんな口さがない者たちの噂は、僕がいとも簡単に消すことができますよ」

エタンはドードーという言葉を否定しない。やはり、アデールの行動が重鎮たちの目に
余っていることは事実のようだった。

「いいえ、好きに呼ぶといいわ。印象に残らないよりはましだもの。なにもしないのは、

死んでいるのと同じよ……。それでいいとは、思わなくなったの」

　もちろんアデールは傷ついていた。国内での立場の弱さと己の無力さを、まざまざと見せつけられているようだ。

　しかし、グレンの左目を見るたびに胸がちりちりとうずく。アデールが失った大きなもののひとつが、夫の視力だった。

「お姉さまはどう思われているのかしら、とはたずねないのですね」

「え？」

「以前はいつも、女王陛下のことばかりでした」

「今だって、そうよ……。お姉さまはきっとあきれていらっしゃると思っているわ」

　ジルダの不機嫌顔が目に浮かぶようだ。

　エタンはポケットから革袋を取り出した。

　干しレモンだ。少女の頃は、よく口に突っ込まれていた。

　ぞんざいに餌付けをするエタンに始めはかちんときていたものの、やがて孤独な第三王女に対する、彼なりのなぐさめだったということに気がついた。

「以前、グレン殿に叱られましてね。あなたにこれを与えるなと」

「まあ、それっていつのこと？」

　最後にエタンからこれをもらったのは、結婚式の後だった。でもそれ以前は、こんなやりとりはしょっちゅうだった気がする。

いつにしたって、行儀が悪いのには違いないが。

アデールは後ろをふりかえって確かめた。ついてくる女官はいない。人影もない。エタンが意図的に人払いをしたのだろう。

まさか、干しレモンのために？

「まあ、餞別と思って受け取ってください」

「こんなものが餞別？」

「便器の壺を手土産にする人に言われたくはない」

「塩漬けよ」

口に干しレモンを放り込まれた。酸っぱさと爽やかさが広がって、胸のあたりがすっきりとした。

ほどなくして、アデールは口を開いた。

「……あなたのお母さまとお兄さまが、クイザのお屋敷へうつったと聞いているわ」

「情報が早いですね」

エタンはすらすらと答えた。

「義母は最近体調が優れないようですので、ゆっくりと静養できる場所へうつしたのですよ。義母ひとりでは心細いでしょうから、兄も一緒にね」

「嘘ばかり。クイザは荒れ果てた土地でお姉さまもどう税金を徴収するか考えあぐねていたのよ。貴族の夫人が住める場所ではないわ。それに、嘘つくときはいつもあなた、やたらとしゃべるし、笑ってばかりいるじゃないの」

「僕はいつも笑顔ですよ。なのにいっこうに笑顔の貴公子というあだ名がつかないのです。どうしてですかね」

「うさんくさいからよ、その笑みが……」

　エタンはアデールの言葉を面白がり、さらにレモンを追加で押し込んだ。

「本当に、余計な口をきくようになりました。グレン殿も手を焼いておられるでしょう」

「いけないこと？」

「いけないことです。大人しい王女でいなくては、長生きできなくなる」

　エタンは目を細めた。本気でとがめているわけではない。むしろアデールの変化を楽しんでいる。

「あなたの家族は、今回のことに納得していらっしゃるの？」

「するわけがない」

「お姉さまの邪魔になるから、追い払ったのね」

　エタンがそこまでするのなら、そういうことだ。エタンの兄エヴラールは素行が悪く、王宮でのふるまいも目に余ると聞いている。彼に加担するフロスバ夫人ごと、田舎に追いやったのだ。

エタンはぽつりと言った。

「僕は悪魔なのです」

「悪魔……どうしてそう思うの？」

エタンはジルダに付き従い、よく働いている。良い噂はないにせよ、彼を排除しようと目立った動きがあるわけでもない。その有能さで若い女王を支え、なぐさめる。イルバスの必要悪なのだ。

たしかに、療養と称して母と兄をクイザの屋敷へうつしたやり方は、乱暴だったかもしれない。だがエタンは訳もなく強引なまねはしない。彼の行動には、すべてに理由がある。そうせざるをえない事情があったのだろう。

なにも知らない他人からみれば、エタンは家の厄介者(やっかいもの)をていよく追いやった、冷徹な当主に見えるのかもしれない。

「破滅思考があるんだ」

破滅、という言葉にアデールは八歳から十五歳まで育った、廃墟の塔(とう)を思い出していた。あれこそまさに破滅の土地だ。なにも生まれないし、希望は届かない。

でも――エタンがアデールをそこから救い出したのである。

「あなたが破滅するときは、ベルトラムが破滅する時よ、エタン。そしてそこに私もいるわ」

アデールはまっすぐにエタンを見据えた。

エタンは少し、面食らったようだった。

「ひとりで消えてしまわないでね。私が戻るまで、待っていて。きっと」

もうすぐ決起会が始まる。アデールはドレスの裾をひるがえし、足早に去った。

残されたエタンは、アデールの香水の残り香をもてあそぶように、人さし指で空気をすくってみせた。

太陽のような金髪。瞳は芽吹く大地の緑。彼女は、正真正銘ベルトラムの女である。

燃えさかる道を歩いて

絶対にこの人でなくてはならない。

レナートに初めて会ったとき、ミリアムはそう感じた。

今もその直感は正しかったのだと、断言できる。

私は彼を愛している。いまだに本当の愛を知らない、姉や妹とは違う。

身を焦がすような愛ゆえに、私は幸せを手に入れたのだ。

——かわいそうなお姉さま、そしてアデール。

姉は恋よりも王冠に人生を捧げた。

妹は、望まぬ相手と結婚させられた。

どちらの人生も、ひどく窮屈そうである。

いちどきりの人生、めいっぱい謳歌せずにいったいどうするというのだろう。

私は、恋も息子の王位継承権も、どちらも手に入れてみせるわ。

男の子をふたりも産んだのだもの。これは神の啓示よ。みじめに歴史の渦に呑み込まれそうになっていた、少女の頃とは違うわ。

きらびやかな化粧道具を広げ、ミリアムは満足そうにうなずいた。

「ミリアム、ちょっといいかな」

化粧台の前で熱心に真珠の粉をはたいていたミリアムは、鏡越しに夫の顔を見た。扉からのぞいたレナートの顔は、げっそりとしている。それでも神秘的で美しい顔をしていた。

ミリアム好みの顔立ちである。

「マリユスがぐずってしまって」

「今行くわ」

夫にキスをして、すぐに息子のもとへかけつける。弟のジュストが生まれてから、マリユスはまるで赤ん坊のときに戻ってしまったかのように、甘えてくる。

そんな姿も愛らしい。つくづく、子どもを持たないほかの姉妹よりも、自分は恵まれていると思う。

使用人の手を借りず、ミリアムはみずからの手で子育てをしたがった。レナートはそれを理解して、子育ても協力的で、よくやってくれている。

彼と初めて会ったときのことを思い出す。

ミリアムは革命家サリム・バルドーにより幽閉されていたが、ベルトラム派の貴族たちに救われ、大陸の国々を転々とした。ベルトラムの王女であるゆえに、ひとつところに落ち着けたことはない。受け入れてくれる人がいないわけではなかったが、非常に危うい立場であった。

両親や兄たちが処刑されてからというもの、ミリアムの人生にはいつだって、暗い影がしのびよっていた。

サリムの治世がどこまで続くのか、周辺国は用心深く見守っていた。ミリアムを通して、イルバスの情勢を知りたいと思う者は、彼女をかくまってくれていたが、サリムに勘づかれそうになると、すぐさま手のひらをかえした。

寒空の中、旅行鞄ひとつだけを持たされて、屋敷を追い出されたこともある。

誰か護衛をつけて、私は王女なのよ、と訴えて、ようやく警護の人間をひとりつけてもらえただけだった。

誰も信じられなかった。

亡命先で出会う人たちはにこにことして、調子よくミリアムの手をとったかと思えば、冷たく突き放した。

ミリアムを助けてくれた者たちもいつのまにかジルダの元へ集い、味方であったはずのイルバスの貴族たちでさえも、ミリアムの命さえつなげれば、王女らしい扱いをされる必要はないと思っているようであった。

ミリアムは我慢がならなかった。自分の人生が、他人のいいようにされてしまうことが。

満足のいく人生を送るために、先立つものは必要である。

お金がなければ、人生は真っ暗だ。イルバス王室の国庫はからっぽだった。両親はそれを命であがなったのだ。

「失礼。どうかされましたか？」

鞄をにぎりしめたまま、途方に暮れて立ち尽くすミリアムに、声をかけてくる者がいた。

それが、レナート・バルバだった。

「……なにかご用？」

言いながら、ミリアムはどきどきと彼を見上げていた。すてきな人。あっさりとした、好みの顔立ちである。

イルバスの宮廷に、こんなタイプの人はいなかったわ。

婚約者候補たちはどれもぱっとしなかったし、中でも有力な候補であった従兄（いとこ）のグレンは、ミリアムにしてみれば最悪の相手だった。いくら顔が整っていたって、グレンはいやだ。堅物（かたぶつ）で融通（ゆうずう）がきかない。寝ても覚めても彼が隣にいるなんて、息が詰まりそうでぞっとする。

まあ、グレンは昔からアデールにご執心だったから、結婚相手には真っ先に妹を望むと思うけれど。

レナートは笑みをたたえて言った。

「さきほどから、あなたがじっとしたままなので、心配していたのです。雨が降りそうです。早くお帰りになられた方が良い」

ミリアムはまっすぐ教会を目指していた。なにかあればここに逃げ込んでしまえば良いと、分かっていた。だが入れずにいたのだ。

逃げてばかりの人生に、いやけがさしていたのである。

「帰る場所なんてないわ」

「どうしてです？」

「奪われてしまったから」

ミリアムは彼を見上げた。身につけるものや仕草から、彼が羽振りが良いことはすぐにわかった。そして自分に興味を持っていることも。優秀な姉と比べられ、ドードーと呼ばれても、ミリアムは自分が美しいことをわかっている。

自分の人生を進めるのだ。この身ひとつで。

「僕になにか、お力になれることは？」

レナートの言葉に、ミリアムは彼の手を取った。

「私をかくまってほしいの。悪い連中に追われているのよ」

「それは大変だ」

大胆に体を寄せるミリアムに、レナートは紳士然としていた。すぐに鼻の下をのばしたり、いやらしい目で見てきたりはしない。居場所を転々とするたびに、美しい娘ざかりのミリアムによこしまな気持ちを抱く男が現れた。ミリアムはそれを毛嫌いしていた。いくら革命が起こったからといって、王女としての誇りまで捨てたつもりはない。

「私はこの近辺でレストランを経営しております。しばらくうちの店で休まれてはいかがです？　あなたをつけねらう者の特徴を教えてくだされば、支配人に目を光らせるように言っておきましょう」

「なぜ追われているかは聞かないの？」

「お話ししたいのであれば。だが、それよりも雨宿りの方が重要ですよ。燃えさかる炎が消えてしまうのは見たくない」

ミリアムの赤髪のことだった。本当は、ずっとこの髪がいやだった。アデールのような、金色の髪がうらやましかった。

「太陽のような金髪の方が美しいとは思わない？」

レナートは、少し考えるようにしてから言った。

「太陽は天から与えられた光で、炎は人が作り出した明かりだ。僕はいつだって自分の手で道を切り開いてきた。炎のような赤を好むのは、そういった人間ですよ」

この人だわ。

私の人生を進めるには、この人しかいない。

身の内に燃えさかる炎を、この男なら大きく燃え上がらせてくれる。暗い影がつきまとう王女の人生を、業火によって明るく照らしてくれる。

ぽつりぽつりと、雨が降ってきた。レナートはミリアムをかばうようにして、歩き出した。

雨の冷たさなど、みじんも感じなかった。手足は火が付いたかのようにかっかと熱くなり、ミリアムは頬を紅潮させた。

——彼と結婚しよう。

どんな障害がたちはだかっても、革命ほどのものじゃないわ。

ミリアムは恋をした。一世一代の恋だ。

レナートは、ミリアムの情熱にこたえた。

そうして彼女はひっそりと、秘密結婚をかわしたのである。


マリユスをあやし、ベッドに寝かしつけると、ミリアムはほほえんだ。

両親が夜会へ行くのに勘づいて、泣きわめいたのだ。

レナートがタイを選んでいると、マリユスはすぐに「どこへ行くの」とたずねる。夜のお出かけは留守番させられると決まっているので、心細いのだ。

「君が寝かしつけると、魔法のようによい子になってしまうんだな」

レナートの言葉に、ミリアムは「まあね」と笑った。

この子たちには、私のような人生を歩ませてはならない。

レナートと結婚しても、ミリアムに平穏はおとずれなかった。いつか革命派の残党が襲いかかってくるかもしれないし、姉はおそらくミリアムの子どもたちを疎んじるだろう。

——お姉さまも、アデールも、私の人生の脅威になるかもしれない。

ミリアムは、姉妹のことが嫌いだった。出来の良いジルダとはいつも比べられていたし、無邪気なアデールにはイライラさせられた。けれど、姉妹のいない自分の人生も考えられなかった。そこにいて当たり前の、気にくわない相手だった。

ドレスの選択に悩めば参考程度にジルダの意見を聞いたし、アデールが泣いていればうっとうしく思いながらハンカチを押しつけた。

子どもの頃はよかった。守るものが少なかったから。

でも今は違う。

不吉な影は消し去るのだ。身の内に宿る炎で。

王政復古（おうせいふっこ）したからには、宮廷に根をはらなくては。ベルトラムの王女として生を享（う）けた以上、諍（いさか）いとは無関係でいられない。

彼を愛し、ただのひとりの女として生きていくことも考えた。

そうするには、ミリアムの生まれはあまりにも複雑すぎた。

ならばこの身に複雑に絡まり合う鎖ごと、灰にするのだ。

私はドードーではない。それをこの人生で証明してみせる。

「行きましょう、レナート」

子どもたちにキスをして、ミリアムは夫の腕をとった。

私が手にした宝を守るためなら、容赦（ようしゃ）はしない。たとえそれが実の姉妹であっても。

私はベルトラム王家の第二王女。紅蓮(ぐれん)に染まる道を、切り拓いてみせるのだ。

宝石箱の中の、失われた世界

「いかがされました？」

エタンに顔をのぞきこまれ、ジルダは我にかえった。

キルジアの気候は、イルバスに比べれば温暖である。あたたかい陽だまりの下、みずみずしく咲く薔薇(ばら)の花を、見るともなく見ていた。

子どもの声が、聞こえた気がした。

「――いや、なんでもない」

「お疲れでいらっしゃるのでは？　少し休憩されてはどうです」

「今呆(ほう)けていたのだから、それが休憩だ」

ジルダは書類に目を落とす。イルバス国内で、グレンを代表とするベルトラム派は次々と革命派を撃破している。王政復古(おうせいふっこ)の声は日に日に強くなり、ジルダの出番はすぐそこまで迫っていた。ぼうっとしている暇など一秒たりともないのだ。

エタンは窓の方を見て、目を細めた。

「ああ。アデールさまですね」

黄金の川のような金色の髪が、視界にちらついた。語学の教師と散歩をしているらしい。楽しそうにほほえみ、薔薇の花を指さしている。

あの娘は、ずいぶんと表情を見せるようになった。以前はおびえた顔か塞(ふさ)いだ顔のどちらかで、そばにいるだけで辛気(しんき)くさくなったというのに。

「アデールが外へ出るときは、使用人に日傘を持たせるように言っておけ」

日焼けをすれば赤くなって、苦しむことになる。

イルバスは曇り空ばかりで、そういった心配は不要だった。ジルダもキルジアに来たばかりの年は、自慢の白い肌を赤く染めてしまい、辟易（へきえき）したことがある。

エタンがくすりと笑ったので、ジルダは目をつり上げた。

「なにがおかしい」

「……いえ。お姉さまらしいところが、おありになるのだなと思って」

「『お姉さま』なのだから当然だ」

ジルダはむっつりと言う。

――お姉さま、お姉さま。こちらへ来て。

無邪気な子どもの声が、ジルダの記憶をよびさます。

あれは、まだ自分が恵まれた王女であったころ――。

ジルダはほんのいっとき、失われた世界に想いを馳（は）せた。


「お姉さま、お姉さま。こちらへ来て！」

幼いアデールが、ジルダのドレスの裾（すそ）を引っ張った。

「王宮の庭に猫が迷い込んだみたいなの。大きいの。私、ひとりで見つけたのよ」

猫がこちらへやってくるのは、特別にめずらしいことではなかった。ねずみ除けとして、炊事場で飼われている猫だ。王族たちが住まう居住塔には入れないようにと責任者には言ってあるが、動物がそれを理解できるはずもない。ジルダが幼いころも、ミリアムが大きな猫を抱えてきて仰天したことがある。

「グレンが仲間はずれにするから、ひとりで歩いていたの。そしたら猫がいたのよ」

ふてくされていたら猫を見つけたので、うれしくなってしまったようだ。

「アデール。猫をこちらへ連れてきてはいけないわよ」

ジルダがたしなめると、彼女はしょんぼりとした。

「かわいいから、お姉さまにも見てもらいたかったのに……」

「言うことをきかない猫だと思われて、処分されたらどうするの」

処分、という言葉にアデールは反応した。具体的には言わなくとも、どういうことだかはわかるらしい。金色のまつげを震わせて、動揺している。

「やだ、やだ！」

「いやなら猫を見かけても、見なかったふりをしなさい」

「わかったわ……」

残念そうだが、アデールは姉がそばにいれば切り替え上手である。ジルダの手をにぎりしめて、すぐに提案した。

「なら、お姉さまがかわいいと思う他のものを、見に行きたいの」

「自分がかわいいと思うものを見たらいいでしょう」

「ジルダお姉さまがかわいいと思うものは少ないんだって、ミリアムお姉さまが言っていたんだもの」

――ああ、ドレスのことか。

アデールの言葉に、ジルダは先日の出来事を思い出した。たしかミリアムが夜会のドレスをどれにするのかさんざん悩んで、ジルダに意見を求めてきたのだ。

「お姉さま。この茶色のドレスは刺繍がすごくきれいだけれど、ちょっと老けて見えると思わない？　こちらの青いドレスの方がいいかしら。でも青って、お姉さまの色よね」

ああでもないこうでもないと、使用人たちを呼びつけ、ドレスや靴をいくつも運ばせていたのである。

「デザインはどれもたいして変わらないじゃない。……瞳の色と同じ、茶色がいいのではなくて。重たくなさそうだから」

そう言ったのに、結局ミリアムが選んだのは、淡いピンクのドレスだった。

はじめの候補にも入っていなかったものである。

どうせ姉のアドバイスなど採用しないくせに、なぜ質問するのかが理解できない。

――それでも、意見を聞かれたらつい返答してしまうのだけれど。

ミリアムは、本来ならばジルダが嫌いなタイプの女である。姉妹でなければ話もしなかったに違いない。自分勝手で自信家で気まぐれ。だが姉妹だから突き放せない。結局彼女の言動に振り回されているのだ。

アデールは明るい声で言う。

「ジルダお姉さまはかわいいが少ないから、こだわりがないんだって、ミリアムお姉さまが……だから私、ジルダお姉さまのかわいいを、代わりに見つけたいの」

ジルダは、衣装係の選んだものを、文句も言わずに淡々と着る。衣装係は本人以上にジルダの似合う色を理解しているものだ。飾りが多すぎて動きづらいドレスは本当は嫌いだけれど、ミリアムがやたらと派手好きなので、仕方がない。姉妹で衣装の出来に差が出てはいけないのだ。

――なぜ、私はミリアムにあわせて、我慢して重たいドレスを着ているのだろう。

ふと気がついた。

あのときミリアムが選んだピンクのドレスは、ふわふわとして軽い素材の、彼女にしては身軽なドレスであったことも。

「……私はかわいいよりも、きれいなものの方が好き」

「そうなの？」

「そうよ。あとで私の宝石箱を見せてあげましょう。声をかければミリアムも、自慢の品ばんを見せてくれるかもしれないわよ」

「女の子だけの遊びね！」

アデールは瞳をかがやかせる。

「うれしい。ミリアムお姉さまは、宝石箱に触らせてくれないの。ジルダお姉さまがいれば見せてくれるかも」

それは、アデールがミリアムにねだってコレクションを見せてもらった後に、庭園で拾ってきた色石を取り出して、「これも宝石箱に入れて」と言ったからである。

アデールは、すっかり忘れているようだが。

自慢の品に石ころなど混ぜたくなくて、ミリアムはずいぶんと怒っていた。

アデールはまだ宝石の美しさを堪能できるような年齢ではないのだ。わくわくしながら猫をおいかけて、寒さにも負けずに石拾いをして、無邪気に姉の手を握って歩く少女。

それでも、いつかは大人になる。

アデールの金色の髪をすいてやる。今は愛らしいだけの少女でも、いつまでもそのままというわけにはいかない。

ジルダは、アデールが自分と同じ年の頃になったときを想像した。

私は、この子に合わせてドレスを選ぶようになるのかもしれない。

ミリアムにしているように。

「宝石箱を見せてもらえるなら、私もきれいな石を拾ってきた方がいいかしら」

アデールは真剣に悩んでいる。ジルダは苦笑し、妹の好きなようにさせることにした。


「お姉さま！」

扉をノックする音がした。エタンが迎え入れると、アデールはもじもじとしながら、姉のそばへとやってきた。

「さっき、出入りの商人のかたがきれいな貝殻をくださったの。……忙しいお姉さまに、少しでもなぐさめになればと思って……」

アデールはにぎりしめていた手のひらを広げ、白い貝殻をひっくりかえしてみせた。内側は、ほんのりと淡く青みがかっていていた。

――いや、まだまだ子どもだな。

ジルダはため息をつく。

アデールは無邪気だ。まだジルダが、変わらずに自分の手を引いて歩いてくれると思っている。

この娘を取り戻したのは、郷愁に浸るためではない。

「私のことはいい。鏡で自分の顔を見たか？　頬に赤みが出ている。みっともなく日焼けなどしてくれるな。エタン、すぐに塗り薬を用意しろ」

「かしこまりました」

　エタンに手鏡を渡され、アデールは狼狽（ろうばい）している。

「ごめんなさい、お姉さま」

「出入りの商人と親しくするのも感心しない。お前のことは表向き隠してあるんだ。自覚をもって行動してもらわないと困る」

　アデールはみるみるしおれてゆく。しょんぼりと下を向く様子が、幼い頃の彼女と重なる。

　猫が処分されるかもしれないと知ったときの、あの頃と。

「お前は、いつまでたっても手がかかる。薬を塗ったらさっさと勉強に戻れ」

「……はい、お姉さま……申し訳ありませんでした」

　アデールは薬と引き換えに、貝殻をエタンに手渡した。ぐすりと鼻を鳴らして、出ていってしまう。

　エタンは貝殻をためつすがめつしている。

「お薬を塗って差し上げたらよろしいのに」

「甘やかすな。もう子どものときとは違う」

「貝殻は、どうします？　処分しますか？」

　いやだとわめく、子どものときのアデールの顔がちらついた。

貝殻は猫ではない。アデールはあのときのような子どもではない。私はそれを、よくわかっているはずだ。

ジルダは、ぽつりと言った。

「……適当に、窓辺にでも置いておけ」

エタンはくちびるのはしをあげると、それを窓枠にことりと置いた。

窓の外の、薔薇の花から垂れたしずくのように、貝殻はきらきらと青い光を反射させた。

失われた世界の、美しい思い出だ。

もう必要のない世界。

「エタン、悪いがまたイルバスに渡ってグレンと連携をとってくれ。サリムの残党を刈り尽くし、王宮を奪還しなければ――」

美しい思い出は遠ざかってゆく。母が処刑されたあの日に、私は覚悟を決めたのだ。

ベルトラムの王女として、気高く生きてゆくと。

太陽の光を受けて青く揺らめく貝殻を、ジルダは一瞥もしなかった。

※この作品はフィクションです。実在の人物・団体・事件などにはいっさい関係ありません。

集英社オレンジ文庫をお買い上げいただき、ありがとうございます。
ご意見・ご感想をお待ちしております。

● あて先
〒101-8050　東京都千代田区一ツ橋2-5-10
集英社オレンジ文庫編集部 気付
仲村つばき先生

廃墟の片隅で春の詩を歌え

王女の帰還

集英社
オレンジ文庫

2021年1月25日　第1刷発行

著　者　仲村つばき
発行者　北畠輝幸
発行所　株式会社集英社
〒101-8050東京都千代田区一ツ橋2-5-10
電話【編集部】03-3230-6352
【読者係】03-3230-6080
【販売部】03-3230-6393（書店専用）
印刷所　株式会社美松堂／中央精版印刷株式会社

※定価はカバーに表示してあります

ISBN 978-4-08-680363-2 C0193